新版
小学语文同步阅读

金字塔夕照

JINZITA XIZHAO

穆青

著

长江出版传媒 长江文艺出版社

目录

人生过往

2　记忆中的一片白云

10　淮河两岸

16　蝶雪

英雄史诗

22　工人的旗帜赵占魁

49　雁翎队

55　县委书记的榜样——焦裕禄

遇见世界

90 金字塔夕照

97 水城威尼斯

103 鲜花的海洋

人生过往

记忆中的一片白云

文成姓什么，我已经记不起来了。但这个名字几十年来我始终萦绕脑际，不曾忘却。一看到哪里有同名的人，眼前立即就会出现一个身材高大、纯纯朴朴、受苦人的形象。

三十年代初，我在家乡杞县上高小和初中的时候，文成是个拉黄包车的车夫。我们同住在县城里，相距不远。一早一晚我经常在上学或放学的时候，看到他拉着车子出工或收工回家。县城很小，方圆不过十几里地，城里没有人雇洋车坐，文成只好跑长途。附近的兰考、睢县、商丘、太康，他都跑过，跑得最多的还是开封。杞县到开封，原先不通汽车，后来虽然通了汽车，三四天才开一趟，票价又贵，单程要花两块大洋，所以一般人还是愿坐洋车走。那时候，河南很少柏油路。所谓公路，其实就是稍宽点的大车道。特别是豫东平原，没有山、没有石头，公路上连一层石子也铺不上，晴天尽是土，下雨满路泥。杞县离开封五十五公里，长途汽车要开四个多小时，人拉洋车得整整一天才能走到。可是，也有例外，那就是文成。

文成的洋车是这条路上有名的快车。他身高腿长，又在壮年，肯卖命能吃苦，拉起车子来总是一路小跑，别人的洋车都是擦黑才能到，他的车往往要比人家提前两三个小时。要是起五更出发，天气晴好，他准能拉上客人赶到开封吃午饭。因此，雇他洋车的主顾特别多。这样一来二去，他便得了一个"大洋马"的外号。这倒没有什么恶意，无非是形容他跑车像大洋马一样快。有一段时间，我父亲经常去开封办事，来回总要坐文成的车，文成不在，宁可等着。那时候雇一辆洋车去开封，车价顶多三吊钱，而父亲每次都给文成一块大洋。以后，这竟成了文成的"官价"。别的车夫要讨这个价，雇主就问他："你比得上'大洋马'吗?"父亲坐文成的洋车出门，回来总要情不自禁地把文成夸一顿。他说文成不仅车拉得稳跑得快，而且心地纯正，乐于助人；路上遇到轮胎放炮的、瘪气的，不管认识或不认识的人，他都去帮助。阴天泥泞大，有的洋车陷进泥辙里拉不出来，他就去帮助推，溅得满身泥水仍是乐呵呵的。因此，同路的洋车，都愿意跟他同行，常常是文成领头，后面一大串洋车浩浩荡荡，真像大洋马领着马群奔跑一样。有时跑得兴起，文成还喊几口河南梆子过过戏瘾。只是这场面持续不了多久，跑不上十里路，那些洋车就一个一个落在后面了。文成常年拉车奔跑，体力消耗大，饭量也大。中午在路上打尖，一顿能吃一斤多锅盔，吃面条也得三大碗。为了节俭，他从不吃菜，有时买一碗绿豆面丸子，让掌柜的多添两勺汤，就心满意足了。

拉车人出汗多，穿衣服很费。文成夏天光膀子，冬天一件破棉袄，加上一条宽板带往腰里一系，也就对付了。最费的还不是衣裳而是鞋。他家里经常为供他穿鞋作难，辛辛苦苦好不容易做双鞋，哪怕鞋底纳得再密实，到了文成的脚上，不出半月一月，不是鞋底磨出了洞，就是鞋尖张了嘴。我就经常看到他用破布缠着双脚拉车。

有一件事，我至今还忘不了。那是我高小毕业那年暑假，父亲带我去了一次开封，并给我买了一辆新的自行车。回家时，父亲坐文成的车，准备再雇辆洋车拉着我和那辆新自行车。可我坚决不干，定要自己骑车走。父亲拗不过，只好同意了。这是我平生第一次骑车走远路，那股新鲜、高兴劲儿就别提了。一出开封的宋门，我就一直跑在前面，还不时停下来得意地等候文成和父亲。但跑过十五公里以后，就觉得车子越蹬越重。不久，文成就赶上来了。开始，我还能同他并排走，后来，他越跑越快，我简直跟不上了。好不容易到了陈留县，停车打尖了。父亲问我："还能骑不能？要不再雇辆车吧？"我依然逞强地说："不用，我能骑！"谁知，歇下来再一上路，腰腿更加酸痛，勉强骑了几里路，就气喘吁吁，两腿简直难得打弯了。父亲见我那副狼狈相，又可怜又埋怨我。但他自己不会骑自行车，半路上又无车可雇……正在为难，只听文成说："你爷俩一块坐吧，车子放在腿前我都一起拉了。"父亲担心这样载量太重，怕他吃不消。文成说："放心吧，比这再重的车我也拉过，要不咋能叫'大洋马'呢?"一句话，把我和父亲都说笑了。这时，离杞县还有二十多公里。文成一路小跑，也没有休息，在太阳还老高的时候，就到了家。

打那以后，我对文成就更加钦佩，更加喜爱了。每次见到他，我都要同他聊聊。记得有一回听学校老师说，世界上兴一种马拉松长跑赛，中国从没人参加过，连报名的资格都没有。我听了心里很不平，心想要是叫文成去参加，准能拿个冠军。为这事，我曾问过文成："让你去同外国人比赛长跑，你敢去吗?"文成问："跑多远?"我说："四十多公里。"他说："还没有去开封远哩，咋不敢!"可是那时的中国，一个拉洋车的人，纵有天大的本事，哪能有这样的机会呢? 文成家人口多、孩子稠，只靠文成一个人拉车糊口。有一年杞县发大水，城里街上都撑了船，文成的洋车半个多月出不了门，还得交租车费。这对他来说打击实在太大了。为了帮助他渡过难关，父亲让我送几块钱给他，可他高低不要。后来父亲说权当预支给他的车费，他才勉强收下了。此后，他便经常到我们家里来，问父亲什么时候用车，或者家里有什么活让他帮助干干。这种诚实纯朴的品德，当时就使我十分感动。

一九三七年夏天，我考上了开封两河中学高中部。开学那天，就是文成拉着车把我送到学校的。

那时候，抗日战争已经爆发，父亲也失业好久了。家里供养我在开封上学已感到十分困难，除了学杂费之外，每月只能托文成捎来四五块大洋，作为我的生活费。当时在学校搭伙吃饭，一个月至少得交四块钱，我没敢入伙，想节省一点钱买些进步书报看。这样，往往不到月底，就天天盼着文成捎钱来，见到他简直像见到亲人一样。有时候，他还带来母亲做的布鞋、食品等物，这时的文成，又成了我和家里联系的唯一寄托，一个能给我带来温暖、带来希望的人。以后，我参加了革命，一直随部队转战敌后，同家里完全失掉了联系。多少年，风雨晨昏，每当我思念家人的时候，不知为什么眼前总是闪现文成黑瘦的面容，仿佛看到他仍在光着脊梁挥汗拉车的情景……

随着抗日战争、解放战争的胜利，饱受苦难的中国人民终于熬出了头。一九四九年暮春，我随军南下，路经河南得以同家人重聚。那时候我家已从杞县迁到了周口。据父亲说，我走后不久，开封和杞县就相继陷落，鬼子到处杀人放火，全家人是在敌人的铁蹄下经过千难万险才逃出虎口的。遭此浩劫，家产已全部荡尽，所幸的是人丁平安，靠亲友接济勉强维持生计罢了。谈话中问起文成，父亲告诉我，他最后一次坐文成的车去开封，是到两河中学取回我留下的行李。打那以后，再没有见过文成，也不知道他一点消息。父亲估计，那些年河南兵荒马乱，盗匪横行，再加上花园口黄河决堤，一九四二年赤地千里的大旱，无辜百姓不知死了多少！文成能不能逃过这种种劫难，实在难以预料。这话像一块沉重的石头，一直压在我的心里。

一九六五年冬天，我终于回到离别近三十年的杞县。但见景物依旧，而人事全非。遍寻我家的邻居，竟没有一个认识的人。打听洋车夫文成的消息，也无人知晓。一些年轻人甚至还没见过人拉洋车是个什么样子。

文成究竟到哪里去了？他是否还在人世？至今依然是音信杳然。按年龄算来，他已在九十开外，即令健在，也是很难再见到他了。我之所以写下这些零碎而又平凡的回忆，不过是对一个往日乡亲的怀念，说明世界上有这么一个诚实的、善良的人，在艰辛的人生道路上默默地跋涉过，留下过脚印，流下过汗水……也许，我永远也无法知道文成最后的命运了。老实说，我也怕听到他有更加悲惨的结局。他平生受的苦难够多了，但他活得正直、活得亮堂。在我的记忆里，他永远是一个明净纯洁的形象，像一片冉冉的白云，一条清澈的泉水……

一九九五年一月写于珠海

淮河两岸

端阳节，我们的汽车一清早就陷在泥里，费了很大的气力才推出来。以后在正阳和罗山之间又停了很久，一条狭窄的公路几乎完全被汽车摆满了。起初，我们以为是给南来的客车让路，后来才打听清楚，原来前面三十里处淮河上的大桥，在两天前被大水冲走了。现在正有无数的汽车堆积在淮河两岸，大家都望着几只摆渡的小船发急。据说中原公路局已派人来抢修了，而且还动员了大批民间运输力正在抢运架桥器材，但如果要企图从新建的桥上通过，那么至少还要十天到半个月时间的等待。

现在摆在面前的只有两条路，一是住下来等，一是想办法多弄些船来摆渡。商量的结果，还是决定采取第二条路：开到河边去等船。这虽然是无可奈何的办法，但经过这一波折，等我们的汽车通过重重障碍，再次前进时，天色已经完全昏暗下来，看不清楚道路了。

因为有这样一次不得已的夜行军，使我第一次看见了一个壮观的场面：夜里，成百辆汽车在一起行动，那灯光照耀得一片辉煌，如同白昼，特别是在转弯抹角的时候，千灯万盏，曲折缭绕。真好像一条巨大的闪光的游龙一样。再加上震耳的摩托声，使人似乎觉得这不是在寂静的旷野，而是置身在一座喧嚣的不夜之城。

这时，我不禁想起了抗战时期我们在敌后夜行军的情景来，我还清楚地记得，每当夜晚行军的时候，总是小心翼翼地不许有任何一点声响，一点火亮，甚至为着一点小小的灯光，或一阵激烈的狗吠，我们都会悄悄地隐蔽起来。谁能够想到在短短几年中间，我们的军队竟发展得如此强大呢？多少年来，我们流血牺牲，坚强不屈的斗争，终于胜利地换来了今天浩浩荡荡的南征。

半夜的时候，我们在河边的大林店住了下来。我困得要命，通讯员在黑暗中把我引进一间空旷的屋子。在一张用秫秸编成的"箔"上，我就地躺下来，只盖了一件薄薄的雨衣便呼呼睡去。在模糊的意识中，我听见后到的汽车仍在不断地吵闹。似乎房东老大娘曾来喊叫我喝水，但我都没有听清，很快就睡熟了。

第二天，当我醒来的时候，天已经大亮，我发现我是住在一家农民的神堂里。屋子里还养着两只瘦弱的脏猪。据房东说大林店只有几十家人家，过去多一些，因为连年闹灾荒逃难走了很多。在解放军未来以前，这里曾一度是国民党散兵和土匪的世界，几乎没有一家不被抢劫过，但从今年二月（旧历）起，四野大军从这里一过，所有的土匪散兵统统吓跑了。群众对我军能一直从这里连续过两三个月感到很惊喜，虽然每天他们都必须借出去一两只碗筷或盆子、水桶等物，但也一点不觉得麻烦。似乎他们对于解放军已经非常熟悉了。这两天正在麦收，我们的房东因为知道我们当天不会走，反而门也不锁全家老小都下地拾麦去了。

就这样我们替房东看了一天门，并把那间肮脏的神堂彻底打扫了一下。下半天据说从息县来了两只大船，估计明天一天我们的几十辆汽车就可以渡过淮河，所以不到天黑就休息了，并把那两只曾经给我们做过伴的猪，关在另一间放草的屋子里。

次日，当我们到达淮河北岸时，太阳刚刚露出头来。

淮河在我的想象中似乎是一道波涛汹涌的大河，而实际上这淮河上游却是一条平静秀丽的水，最宽的地方也不过一百多米，从树木丛杂的堤岸上望过去，这大自然的清晨风景是相当美丽的。朝阳正映着河水，泛起了一片闪烁的金光，几只灰白色的水鸟正在上下飞翔，寻找着食物。一群为我军运送物资的胶皮马车正停在沙滩上，车夫们脱得精光地来回奔跑着，吆喝着，企图把不听话的牲口，泅水赶到对岸去。在河上，有十几条满载着货物和行商的小船在来回摆渡，专为军运的大船也开始向我们驶来。而在这边的沙滩上，我们的炊事员已在支锅搭灶准备早饭，一大群人在围住两个年长的农民，看他们把整筐整筐的鸭蛋放在河里去洗……

淮河，就是这样娴静而动人的，可是一九四七年当刘邓大军挺进大别山时，它却是一个很讨厌的障碍。那时候，前有敌人后有追兵，抢渡淮河是相当紧张的一幕。记得当时曾有一篇通讯，说刘伯承将军曾亲自用一根竹竿调查了河水的深浅，发现可以徒涉之后，而使千军万马迅速地通过淮河，争取了时间，取得了辉煌的胜利。据说就在我们站立的这个渡口上，还经过一次剧烈的战斗，我很想从这里找些战争的遗迹，可是除去流水沙滩之外，我什么也没有看见。

　　一整天，我们都忙着卸东西，推船，中午天热的时候，大家都跑到水里去洗澡，每个人都晒得又红又黑，忙得满身是汗，但歌声笑声总是不断的。虽然今天在我们的面前已没有任何敌人敢来阻挡，但过淮河仍然是我们南征途中艰难的一关。首先是那样多笨重的汽车过河，而我们只有两只用小船临时合拢起来的大船，平均每只船来回一次，至少也需要三四十分钟，因此直到太阳落山很久，我们才勉强把最后一辆汽车渡过南岸来。这时候，水手们由于一整天不间断地撑篙摇橹早已精疲力尽了，船一靠岸他们就横倒在船头上不住地喘息起来。当然，我们也并不比他们舒服些，甚至星星挂在天空的时候，还有很多东西堆在河边，等候着装车。

　　夜十二点钟左右，我们才勉强在附近一个小村子里住下来，因为人多房子少，再加上这个村子曾经过战争的破坏，我们便不得不实行露营。我睡在一个卖干粮的草棚下面，倒也非常干净凉爽，那时候，月光皎洁，满天星斗，一片轻烟似的薄云正浮空而过，我悠闲地躺在地上，听着附近池塘内蛙声鼓噪，和芦苇摆动的沙沙声响，望着忽隐忽现漫天飞舞的流萤，在夏夜醉人的微风中，不知何时已沉沉入睡了。

一九四九年六月于武汉

蝶　雪

　　我到过许多风景如画的地方，也欣赏过一些罕见的自然奇观，但几十年来仍使我念念不忘的，不是那些国内外著名的游览胜地，而是一般人很难想到的我国的大西北，一个深藏在祁连山下鲜为人知的地方。

　　三十年前，一九六四年的七月间，一次偶然的机会，我访问了甘肃省肃南裕固族自治县，热情的主人带我去看他们的高山牧场。我们乘坐一辆老式的吉普车，沿着一条山沟向深山开去，开始，山沟的景色并无什么特殊，但愈往里走，愈觉得别有一番天地。这里的天空，蓝得像水洗过一般鲜亮，飘浮的白云也显得特别耀眼。远处，祁连山戴银冠的雪峰时隐时现，有时你简直就分不出哪是云朵哪是雪山。山谷间一条蜿蜒的小溪，一直伴随在我们身边，那清澈的溪水，那哗哗流淌的水声，那在阳光照射下游荡在水下彩石间不停闪动的光影，无不撩人心醉。小溪的两岸，长满了碧绿的青草，草丛中盛开着各种色彩的野花，它们竞相生长，有时交织在一起，有时又连成一片，像一条条彩色的花毯，铺在小溪的两岸。远远望过去，那条欢乐的溪水，就像在花丛中跳跃，在彩色中回旋……

山野间空气特别清新，微风中充满了山花野草的芳香。这是大自然散发出来的一种特殊的香味，它沁人心脾，给人一种超凡脱俗的感受。在这种氛围里，人们会觉得周围的一切都充满了活力，无论是花草树木、蓝天白云，它们都是那么鲜艳、那么诱人。

汽车颠簸着进入了深谷，这里溪水流得更急，响声也愈来愈大，有些地方溪水自高而下形成一连串白色的瀑布。两岸花草更加茂密，有时竟像人工种植的一样。山坡上开始出现一些稀疏的灌木，偶尔也耸立着几棵墨绿色的松柏。这时，我忽然发现在花丛中有一些白色的蝴蝶在飞舞，它们的翅膀在一片片红色、蓝色和黄色花丛的衬托下，显得特别耀眼。开始，它们还在花草和树丛中嬉戏，谁知再往前行，它们竟一片片一团团布满了整个的空间，满天都飞舞着它们雪白闪光的翅膀。霎时，我们的车顶上车窗上都落满了蝴蝶，以致司机不得不开动车前的雨刷不停地驱赶它们，否则就看不清前进的道路。

这一大自然奇异的景观，吸引着我们再也坐不住了。在蝴蝶最密集的一片丛林中，我们走下车来立即投身于这纷纷扬扬的蝶群。说也奇怪，这些飞舞的小精灵，一点也不怕人，任凭我们怎么挥手扑打，它们仍然成群成片地向我们扑来。不到一分钟时间，我们的头上、背上、肩上甚至眉毛和耳朵上，到处都站满这些顽皮的家伙。刚才还是满头黑发的小伙子，一转眼工夫，就变成了白发苍苍的老人。如果你老老实实站在那里，不去挥赶它们，这些可爱的小家伙会立即把你覆盖起来，让你成为一个雪人。

我是喜欢蝴蝶的，小时候在公园里或田野上，只要一看到蝴蝶，必定同小朋友一起千方百计把它捉到。那时候，捉一只蝴蝶是多么不容易啊！现在可好，你只要伸手向空中一抓，准能抓到几只，用脚一踩也能踏着。

这些蝴蝶全是白色的，没有其他颜色的花纹，大小也几乎一样。从单个形象看它们并不太美丽，但成群成团地飞舞起来，铺天盖地，便形成一种令人惊叹的奇观。

我曾坐在路边的岩石上，尽情欣赏它们漫天飞舞的景象。在蓝天白云、青山绿水之间，这群密集的数以亿万计的白衣小天使，一会儿像一团浓雾从丛林中涌起，一会儿像一大片白云在山腰间翻滚……尤其当它们从空中降落时，恰似鹅毛大雪，纷纷扬扬，满天飞舞，刹那间树枝上、草地上、河边、路旁，到处呈现出一片雪白……

面对这一绚丽神奇的画面，人们都高兴得喊叫起来，个个像孩子似的在"大雪"中与蝶群嬉戏。我们尽情地四处扑蝶，一次次地抓了放，放了又抓。那兴致那神态活生生一幅群猫戏蝶图。有人说，这真像七月飞雪；有人说，这可能是自然界一次神秘的蝴蝶会。最后大家都同意把这一千载难逢的景象命名为祁连山下的蝶雪，认为它可能是我国大西北荒漠中最令人神往的胜景。

半小时后，为了赶路，我们不得不依依不舍地同蝴蝶告别。车开出峡谷便进入一片开阔的高山牧场。这里，祁连山的雪峰就在眼前，山坡上生长着一片郁郁葱葱的塔松，整个牧场绿草如茵，像绿色的锦缎一样，点点帐篷和成群的牛羊正散布其间，偶尔远处传来一两声牧歌，更给这宁静的草原增加无限的魅力。

然而，这美丽的草原风光，并没有转移开我对于蝶雪的思绪，脑海里一直仍在闪现着那满天飞雪的情景。遗憾的是当时我还不会摄影，也没带一架相机，否则，我必定会把那些迷人的画面拍摄下来，给那些白色的小家伙留下些珍贵的照片。

如今，几十年过去了，这一遗憾仍深深地埋在我的心底。这期间，我曾向一些外国朋友描述过蝶雪的景象，他们简直不敢相信，在我国莽莽西北还会有如此人间仙境。我也曾数次请甘肃的记者便中再去探访一下这个神秘的山谷，看看是否还有当年蝶雪的景象，但不知是由于生态环境的改变，还是他们根本就找不到那个地方，结果都没有任何发现。

英雄史诗

工人的旗帜赵占魁

一九四二年的九月，由于中央职工委员会的介绍，我第一次访问了模范工人赵占魁同志。那时候，他正在离延安三十里的农具工厂里，用两匹马力的鼓风炉，经年累月地生产着农具和军火。没有想到，整整六年后的今天，在解放区职工代表大会的代表团里，我又会见了这位熟识的英雄。看起来赵占魁的鬓发已经斑白了，眼睛也开始花了，可是就在这六年巨大的变化中，赵占魁同志却一直沿着党所指引的道路，成长为中国工人的一面光荣的旗帜了。

回忆六年前的情景，追记这位英雄的故事，我感到衷心地愉快。

惊人的力量

六年前——一九四二年，正是中国人民遭遇着抗日战争最艰苦的年代，当时的陕甘宁边区更处在日寇和国民党军队的四面包围之中。由于经济上敌人的紧密封锁，一切物资来源均告断绝，为了自力更生，继续抗战，边区一百五十万劳动人民，在毛泽东同志的领导下，开展着蓬蓬勃勃的大生产运动。首先在农业上发展生产保证了边区军民足够的粮食，接着便提出工业品的"自给自足"，号召全边区的职工用自己的力量战胜一切困难，增加工业品的生产。这一任务在当时边区薄弱的工业基础上，是相当困难的：第一是原材料的来源困难，第二是技术设备的限制，因此如何在这样困难的条件下，发挥工人们的智慧和创造，提高他们的劳动热情，使之改进技术，增加生产，就是一个非常重要的问题。因此，在工人中当时很需要发扬一种新的劳动态度，那就是能够认识自己主人翁的地位，自觉地爱护工厂、团结工人，努力生产、提高技术的态度，同时也是一种老老实实，埋头苦干，一切为着革命利益、不计较个人得失的无产阶级的宝贵的品质。而当时的赵占魁同志，从长期的工作考验中证明，正是具备这一劳动态度和宝贵品质的典型。因此，他的事迹发表后，很快就被当作了教育全体职工的最具体的教材，而赵占魁同志，作为工人阶级最优秀的模范和榜样，也开始被人们敬爱着，并向他学习。

由于赵占魁同志的出现，可以说使我们党的政策，和群众的实际行动结合起来了，和群众的热情及积极性结合起来了。这样就给边区的职工运动开辟了一条宽阔的道路。它的作用不仅鼓舞了边区工人高度的劳动热情，提高了他们的政治觉悟，而且大大地推动了整个边区的工业建设，向前发展一步。

这是一种惊人的革命力量，而这种惊人的力量，却建筑在党的正确领导，和全体职工的积极行动上面，同时也建筑在赵占魁同志的模范作用和先锋作用上面。

光荣的路程

赵占魁同志的一生是劳动的一生，而他前半辈子的生活却是牛马生活。他今年五十二岁，是山西省定襄县人。小时，由于家贫如洗，加上高利贷的重压，父亲一直漂泊在外，年老的母亲为了生活也不得不离开家庭给有钱人洗衣做饭。赵占魁弟兄四人，他排行第三，从十二岁起就和两个哥哥一起给人家当雇工。虽然全家劳动，但得来的血汗钱，除了还高利贷和缴租纳税以外，剩下的不够糊口，因此他的四弟自小就不得不送给别人。

赵占魁十七岁那年，父亲被塌下来的破窑砸死了，他二哥听到这消息，连夜奔丧，不幸在途中过河时又被水淹死。这两桩惨痛的事情，强烈地刺激着赵占魁的心，他想挣扎一下，突破这穷困的牢笼，于是就在这年离开了家，去给一个铁匠当学徒，终年伴着风箱铁锤，飘走在天镇、阳高一带。

三年后，赵占魁又空着两手回来。这时他二十岁，到太原做泥水小工，后来又在太原铜元厂里当学徒，干了八年，二十九岁开始到兵工厂学翻砂，每天工作十二小时以上，工资最多的时候才每月十二元，扣去伙食房钱，就所剩无几。旧社会里，工头对待工人是非常毒辣的，动不动就罚工，病了不但没人管，请不下假旷了工，一天就要罚三天。赵占魁是个老实人，又害怕失业，迫使他当牛做马，埋头苦累。即使这样，到一九三二年工厂缩减时，他既没有人情，又无钱活动，还是被工厂开除了。三十七岁这年，就是他失业的一年。

三十八岁时，好容易才在同蒲路介休车站修理厂当了名铁匠，好歹干了三年。一九三八年初，日寇占领了同蒲路，他便跟铁路工人一起，流亡到西安。这时他听到延安是共产党领导的地方，是工人的家，便由一位铁路工人介绍，在一九三八年五月，进了安吴堡青训班的职工大队，不久就来到了延安。

在延安他被分配到工人学校学习，这是他从来没有想到的事，活了四十多岁，当了半辈牛马，现在居然进学校读书了。他非常感动，在讨论会上，他把过去所受的苦难，和今天的情况做了个对照说："在旧社会中，我的血快被挤干了，而今四十二岁才找到了自己的家。"于是赵占魁同志努力识字，积极学习革命道理。事实的教育，使他牢牢地记住了一条：只有共产党领导工人阶级闹革命，受苦受难的人才能翻身。有一天他和党委的一位同志谈话。他伸出两只粗糙的手说："共产党要不要我这老汉？"那位同志亲切地回答他说："老赵，无产阶级就是靠两只手来创造世界的。"老赵听了这句话更是信心百倍地要求参加共产党。

由于他老实忠诚努力学习，当年十二月，赵占魁就成为一位光荣的共产党员。

一九三九年春天，毛主席号召开展生产运动，他便和另一位老工人崔锁贵，一同去找领导同志，要求参加生产，为大家制造工具，早点为党为人民出点力。领导同志耐心地劝导了他许久，叫他再好好学习。到六月间，边区政府为了发展生产，创办农具工厂，调他去当翻砂工人。他兴奋、激动地说："这可有了为党出力的时候啦。"当他跟另外三个同学离开学校的那天晚上，党中央委员、职工运动的领袖张浩同志又把他们叫去，亲切地叮咛说："工厂是公家办的，它是为人民服务的，也就是人民自己的工厂。你们都是优秀工人，要好好干，好好爱护工厂。"

赵占魁同志就把这些话一个字一个字地牢记在心里了，并变成了实际行动。

像炉火一样的劳动热情

赵占魁一走进农具工厂，就忙于繁杂的创建工作。不久工厂开工了，他便在二千度高温的熔铁炉边辛勤地工作着。他惊人的劳动热情，像炉火一样，一直熊熊地燃烧，从不灭熄。一年又一年，无论在什么情况下，他都看守着熔铁炉，熔化着坚硬的铁块，正像他用高度的劳动热情，熔化着一切困难一样。"老赵是从火里炼出来的"。人们对他的这个评语，一点不错。

化铁看熔炉，应当说是一种最苦的劳动，再加上当时边区技术和工具的困难，就显得更加艰苦；特别是在炎热的夏季，守在二千度高温的炉旁，顶着火一样的太阳，那滋味是难以忍耐的，可是赵占魁同志却始终在这种高温下工作着，而且为了抵抗炉火的烘烤还不得不穿着冬天的棉衣（边区没有石棉衣）。从早到晚，老赵的全身像浴在汗水里，棉袄被汗水湿透了，结成一层层很厚的白碱，草帽也被汗渍得破烂不堪。但赵占魁同志从没有松懈过一分钟，也从没有叫过一声苦。他是这里的轴子，一切工作都随着他在转动，因此他常常不停地工作十二个小时以上，有时甚至连饭也顾不上吃。平时，他总是打起床钟以前就第一个起来，上工比别人上得早，下工时总让别人先走，然后自己收拾了所有的工具，再围着工厂巡视一周，检查一下是否有人把工厂的东西乱放乱丢。他常常对工人们说："工厂是公家办的，同时也是咱们自己的，跟旧社会完全不同啦。"

每次下雨下雪，哪怕是在漆黑的夜里，只要天一阴，赵占魁一定把大家叫起来，领着头把院里的工具、成品，都搬到避雨的地方去，一点不让它遭受损坏，搬不动的就找些东西盖起来。他从没有计较过工资，本来按照规定，加工是另加工资的，可是他不要，他说："在外边做工，费死了劲还时常饿肚子，现在为革命工作，有吃有穿，要那么多的钱干啥呢？"他也很少请假，有了病也不肯休息。

在一九四一年，他病了一个星期不能起床，头晕，发着高烧，不能工作，只好由他的学徒李有贵来代替看炉，可是李有贵加铁加得过多了，炉里化成了一个二三百斤重的铁疙疸！赵占魁一听到这消息，便马上从床上挣扎起来，拄着一根棍子来到熔铁炉旁，身体站不住，就坐在地上看了一天炉，终于把那天的任务完成了。

一九四二年四月，他帮助别人试验弹花机，不小心把一个指头轧坏了，轧出了两块碎骨头，大家劝他休息，他不肯，自己把手包好，又用另一只手照常工作起来。

一九四三年六月熔铜时，因为坩埚坏了，一坩埚铜水（热度在二千度左右），一下倒在地上，一部分泼在他的右脚上，脚面马上烧成焦黑！可是赵占魁同志，不但一声疼也不叫，而且坚持不要别人扶，要自己走到医务所去。这种精神，只有战场上那些"轻伤不下火线，重伤不哭"的战斗英雄们，才能够和他相比！后来，工厂把他送到医院去治疗，延安各个工厂、机关、学校都派人去慰问他，党中央的邓发同志也亲自去看他，劝他好好休养，他收到的慰问品摆满了两桌子，还有一万五千元（按当时物价算，是一个很大的数目），而他把这一万五千元，全部捐献给前方的将士了，他说："前方有许多同志在流血，比我更痛苦得多呢，我不算啥!"到六七月间，国民党反动派企图进攻边区，当时他的脚还没好，正在医院里，听到这消息，他马上坚决要求出院。为了保卫边区，他带着伤又站在自己的工作岗位上了。

长期苦难的日子，使赵占魁同志养成了一种勤劳俭朴的习惯，他把这个习惯一直保持着，他看见有人糟踏一点东西，不论是公家的或私人的，心里便很不舒服!每次从炉中倒出来的烂炭，他都用筛子筛过，把可用的烂炭烂铁都尽量挑拣出来。他不光自己这样做，而且告诉学徒也这样做，他对学徒们说："自己要节省，对革命的财产更要节省，一块烂炭一片碎铁，都不是容易来的。"当他发现几年前的烂炭堆里有些生了锈的碎铁块时，他就利用休息时间，蹲在那里扒着拣，不一会就拣回了好几斤，接着他又发动学徒去拣，一天就拣回了十几公斤。

这些事情看起来，并不惊人，然而他成年累月一点一滴这样做，从不夸耀自己，从不叫苦，这就不是件容易事，这就叫作新的劳动态度。

忘却了自己的人

赵占魁优良品质的另一特点，则是关心同志、爱护学徒、具有高度的为群众服务精神。他是一个四十几岁的老工人，既有很好的技术，又是翻砂股的股长，但对于工人和学徒，却从不摆一点架子。每当休息的时候，他总带着慈祥的笑，和工人学徒们愉快地生活在一起。人们亲切而又尊敬地称呼他"老赵"，他也像长者一样爱护着工人同志们。特别是对于学徒，他决不保守自己的技术，在他的心里，有这样一个信念："多教会一个徒弟，就多增加一分革命力量。"因此他常对学徒们说："我要认真教，你们要认真学，边区跟外边是根本不同的。"

每次开炉的时候，他总是一面工作，一面指点着叫学徒们实际练习。什么时候加炭加铁，分量多少，风力大小，都一遍一遍地给学徒们讲解。有时为了准确，他叫学徒们把炭和铁用秤称过再装在炉里。在翻砂的过程中，一发现什么毛病，他就把学徒们集拢在一起，研究毛病的原因，告诉他们改进的办法。有时在工作时间内，个别学徒偷懒，老赵就耐心地对他说："过去在外边工厂里，为了混饭吃常常磨洋工，工头来了就假装着使劲干一会，在咱们这里可不同，工厂是咱们工人自己的，没有领导人在，也要自动积极地工作。"在几年工作过程中，他从来没有打骂过工人和学徒，有一次一个学徒一连做坏了好几次成品，老赵还是耐心地说："同志，这是人民财产，咱们要负责做好呵！"就这样，在他的培养下面，好些学徒都很快地成为熟练工人，整个翻砂股的工作也大大地改进了一步。另外，在物质生活上他更是处处关心学徒，有时因工作较重，看见学徒们饿了，就一声不响去买几个饼子来分给大家吃。学徒们有了困难，老赵总是首先把自己的东西拿出来，帮助他们解决。因此在老赵的包袱里，再找不到什么多余的或者较好的东西。

老赵爱护工人，又能团结工人，工人中间有时闹些意气、纠纷，老赵总是想尽办法给他们调解，而工人也最爱听老赵的话，认为他最公正、最诚恳，因此只要他一出头劝说，无论任何人再大的气，都会平下来。有一次两个工人因为争一块菜地争吵起来，甲说地是他窑前的，乙说菜是他种上的，闹得不可开交，老赵知道后即跑去调解，认为地应该归甲，乙种上了有些损失，老赵答应将来收菜时，从自己菜地里分一百斤蔬菜给乙。这样一来，甲乙双方都非常感动，不仅不再争吵而且互让起来。但秋收后老赵仍然把一百斤蔬菜送到乙的家里。

一九四一年、一九四二年正是陕甘宁边区最艰苦的年份，工厂的生活当然也非常艰苦，因此生活问题常常影响着工人们的生产情绪，特别是工厂的伙食，工人们牢骚最多。而个别异己分子便乘隙鼓动一些落后工人进行罢工怠工，赵占魁同志在这种困难的条件下，不仅自己始终站在正确的立场从不叫苦，并勇敢地出来接受工会生活管理委员的工作，利用每天下工后的休息时间，经营合作社，管理伙食。想尽各种办法来节省粮食，组织生产，改善工人生活。

在这一工作过程中赵占魁同志表现了惊人的耐心和仔细，那种忠实负责，为群众的点点滴滴的利益而鞠躬尽瘁的精神，又一次得到充分的发扬。每天当别人下了工，都三三两两出去游戏的时候，老赵不是忙在合作社里，就是在伙房里帮助伙夫挑水、抱柴。有一次中饭煮生了，工人们挤到伙房里一齐吵起来。当时可把老赵忙坏了，他一面告诉大家不要吵，一面就亲自帮助伙房重做，直到第二次的饭下了锅，他才擦去满头大汗，拍拍伙夫班长的肩膀说："同志，不行就再煮一锅稀饭，别叫不够吃，大家都做了一晌工，吃不饱不行。"说罢自己端着一碗大家嫌生的米饭，吃着走了。又一次，一个病号晚上来找他，一进门就怒冲冲地说："老赵，我还没有吃饭呢，你这伙食委员干什么的?"接着又说了很多难听话，可是赵占魁同志却没有计较这些，并且立即走进厨房亲自给那个病号做了饭。

就这样不到三个月时间，工厂的伙食在老赵的管理下得到了大大的改善，在这一点上不仅使那些异己分子无隙可钻，保证了以后反奸斗争的胜利，而且节省了粮食，消除了浪费，做到每月还有剩余。工人们的生产情绪，遂因之而又提高起来。

一切为了大家，而完全忘却了自己的人，是多么难得呵，赵占魁同志就是这样的一种人。

光荣和考验

为了发扬赵占魁同志这种宝贵的品质和新的劳动态度，一九四三年在中央职工委员会及边区总工会的直接领导下，首先在陕甘宁边区开展了热烈的学习赵占魁运动，用赵占魁同志具体的模范事迹，教育全边区的工人。边区政府更奖励赵占魁同志为边区工人特等劳动英雄。一时间，学习赵占魁，开展赵占魁运动的呼声，响遍了全边区的各个工厂，大批赵占魁式的新人物也不断涌现着。不久，敌后根据地亦来电响应，从此赵占魁的英名便传遍全国。

这一事实对赵占魁同志说来，是一个极大的光荣，但他并没有因此而冲昏头脑，也没有因此而骄傲，相反地，他却更加虚心，更加埋头了。不管是在劳动英雄大会上，或者是和毛主席握手的时候，他总觉得自己不过是一个老老实实为党工作的普通工人罢了，并不比任何人高贵，即令在工作中有些好处，那也是在党的培养教育及同志们的帮助下得来的，因此，在火热的赵占魁运动当中，他始终警惕着自己，鞭策着自己，一分钟也不脱离群众，并以最大的努力到处介绍经验，帮助工人们推动这一运动向前发展。

一九四四年，当张秋风（晋绥工人劳动英雄）致函向赵占魁同志作生产竞赛的挑战时，他除去勇敢地应战外，在回答他们的信上，更把力戒骄傲松懈，虚心提高一步的志愿作为他们互相勉励的祝词。并且在以后的实际行动中，全部实现出来了。

以后，他被调到另一地区工作，那里的工人们因为知道他是名闻全国的英雄，故意在生活上、工作上给他许多困难，企图看看这位英雄究竟如何。可是两三个月后，他们不仅没有发现赵占魁同志的任何缺点，相反地，却为他那种埋头苦干、爱护工厂、关心同志的优良品质所深深地感动，从而对他无不尊敬了。

赵占魁同志这种经得起任何考验、始终如一、不出风头的英雄本色，是中国工人阶级宝贵的品质，也是赵占魁同志这面英雄旗帜，至今迎风挺立的有力支柱，特别是当有些劳动英雄仅仅是昙花一现的时候，这面旗帜就更显得五彩绚丽。

二十一个翻砂女工

一九四六年的五月，当蒋介石匪徒已决定在全国范围内进行大规模内战的时候，赵占魁同志接受了一个新的任务：回到过去的工厂去，组织一切劳动力制造地雷。

当时，工厂里只有很少的翻砂工人，劳动力非常缺乏。在这种情况下，要想迅速地完成生产任务，大量地制造地雷，的确是一件非常困难的工作。但老赵清楚地知道，内战的形势是肯定了，任务又是那样紧迫，如果不能克服这个劳动力的困难，提高生产，其结果必将是直接减低边区人民自卫战争的武装力量。

为了解决这一困难，老赵曾想来想去，最后终于把注意力放在该厂二十一个工人家属身上。他想如果能把这些妇女组织起来学习翻砂，不仅可以解决制造地雷所急需的人力，而且还可以减轻公家对这批家属的负担，从而，从生产中去教育她们，解决她们的困难。

可是这一工作一开始就遭受到来自各方面的抵抗，部分工厂干部及男工认为组织这些家属妇女根本不顶事，工做不了多少，光麻烦事就不得了。有些干部和工人更认为要自己的老婆去做工有点丢脸，怕别人说他连个老婆都养活不起。个别家属妇女也怕没有做过工，干不了。

针对着这些思想抵触，赵占魁同志在党的支持下，坚持了自己的意见，并和这些轻视妇女劳动的传统思想做斗争，保证一旦把妇女劳动发动和组织起来，绝不会和男工们相差太远。

于是他一个个征求妇女们的意见，动员她们，鼓励她们，经过几天的酝酿，女工翻砂队终于兴高采烈地组织起来了，赵占魁同志亲自领导她们，教给她们技术，带领她们工作。过去整天纺线线、带娃娃被拖在家庭琐事里的妇女，今天居然也穿起工服和男工们一样参加了重工业的军火生产，谁不觉得这是无上光荣呢？

当然，女工们在工作刚开始的时候，无论技术上和体力上都还有许多困难，但最大的困难还是带孩子的问题不能解决。白天妈妈上工了，孩子没人管怎么办呢？如果大家都把孩子抱进工厂里，那就什么工也做不成了，于是老赵又不得不花费很大的力量，来为她们组织工厂的托儿所。

托儿所共分三个组，按孩子们的年龄分，由三个保姆看管着，每天上工时，妈妈们把孩子交给保姆，晚上下工后再领回家去。保姆由女工们轮流担任，其每月的工资和女工们完全一样，为了经常地解决保姆与妈妈们中间的纠纷，同时检查托儿所的工作，赵占魁同志每周都要给她们开开会，解决些问题，因此，女工们对托儿所的工作，一般说是非常满意的。

孩子问题解决后，女工们的生产积极性便自然地被发挥起来，抢着工作，抢着学习技术，开始时老赵先教给她们打心子，一次做不好，老赵就三番五次非常耐心地教，后来渐渐学会了，就抽出一部分女工来做砂箱，一直到最后让她们端铁水，学化铁，参加全部劳动。因此女工们进步很快，开始时她们的平均产量只能达到十分之三四，两三个月后就逐渐增加到十分之七八。而且在赵占魁同志的影响下，她们的劳动热情达到了最高度，无论什么时候，只要老赵熔铁炉上的风车一转动，不用喊叫，女工们在五分钟之内会立即来到工厂，一个不差。特别是七月间，内战在全国范围内大规模地爆发之后，赵占魁同志更领导着她们日夜加工生产，积极支援战争。

就这样，赵占魁同志胜利地完成了制造地雷的生产任务，并第一次摸索了组织女工生产的方向，为我们的军火工业，培养了一批优秀的翻砂女工。

"把孩子交给我"

一九四七年三月，蒋胡匪军侵入了陕甘宁边区，四月攻占延安后，更疯狂地分兵北上。当时陕北的形势是异常严重的，边区副司令员王维舟将军曾亲自去到兵工厂，限该厂在七天时间内，撤退瓦窑堡，所有机器、器材，能搬的搬走，不能搬的就埋藏起来。

这是一个紧张的战斗任务，也是陕甘宁边区工人，在十几年和平生产的情况下，所遇到的第一次战争考验。在这次考验里，年长的赵占魁同志，仍然站在全体工人的前面，和他们一起下机器，埋机器，搬运着工厂所有的器材，当他们把这些机器深深地埋在山谷里，并在上面耕起地来的时候，他们的心情是悲愤的，他们说：我们决不能让它丢失一点，我们还要回来的。

整整七天时间，工厂按期完成了紧张繁杂的撤退工作，而敌人的先头部队已越过了延安、安塞，直向瓦窑堡前进。工友们为了保护工厂的安全撤退，组织了工人游击队，用自己工厂制造和修理的武器，把自己武装起来，准备着必要时，将用血肉来保护自己的工厂。在这种严重的局势下，赵占魁同志虽然多次要求参战，但组织上始终没有允许。最后，厂长把老赵唤到面前，告诉他："你年纪老了，不能参战，现在党给你一个更重要的任务：要你带着全厂的家属小孩，老弱病号转移。"

赵占魁同志毫无犹豫地接受了这一任务，他知道在没有牲口，没有行军经验，再加上兵荒马乱的情况下，要保证这群毫无走路能力的家属小孩、老弱病号的安全撤退，不仅不是件容易的任务，简直是个千斤重担，但他终于像过去接受任何任务一样，勇敢地担起了这个担子。

家属队一共是二十一个女同志，二十几个十岁以下的小孩，加上几个老头，两个病号，一个五十多岁的小脚老太婆，人数虽不太多，但困难却是严重的。第一天出发，刚走出瓦窑堡三十里地，就有特务造谣说敌人已经到了瓦窑堡，当时谁也弄不清真实情况，只看见敌人的飞机在头上绕来绕去。于是母亲叫，孩子哭，饭没有吃上就慌慌张张又走了。一路上老赵背儿抱女，搀这个扶那个，七十里地一直走到了天黑，好容易到了南沟岔，老赵也就累得不能动弹了。但他并没有休息，当他把一家一家所有的母亲孩子安置好以后，又忙着领粮食找柴火烧水做饭……一直到深夜才合上眼睛。

一路上，他经常征求家属们的意见，和她们开会讨论，照顾备至，为了避免妇女小孩走路饥渴，每天行军时，他都先派两个人到前面烧水做饭，宿营时也尽量给她们找出炕来，虽然这样，但情况的紧急和行军的困难，却并没有因此减少老赵的负担。

当他们离开工厂的大队，单独住在莫家河的时候，敌人占领了瓦窑堡，并向东向北大举进攻。晚上，在莫家河的村外，我们后方机关的人马，一批批地经过这里向西转移，一时人喊马叫，众说不一。在这种情况下，家属队的母亲们全部慌乱起来，所有的眼睛都看着赵占魁，但这时候老赵却是非常镇静的，他一面把她们统统集合好，不许乱动，一面便派人去询问厂方的动向，不久厂长派人给他带来一个紧急的命令：立刻向西转移，必要时可分散全部家属，或带着女工们打游击。

老赵简单地传达了这个命令，并要求大家在最紧急的时候，保持镇静，不许乱跑，要死就大家死在一起，要活就一个人也不能丢失。所有的母亲、孩子、病号都走在前面，老赵派一个人在前面引着走，而自己和另外两个老头却背着家属们背不了的包袱，紧紧地跟在她们的后尾。

这是一条崎岖的山谷，满地的石子，加上漆黑的天气，不到半夜，母亲们带着自己的孩子，便一个一个地掉到后面来。孩子们哭哭啼啼的，哭着走不动，母亲们除去陪着孩子们流泪以外，也没有任何办法，这时候老赵把五六个十岁到五岁的孩子聚在一起，并且对他们的母亲说："你们走吧，把孩子交给我。"

这不是一个简单的事，一个五十开外的人，在黑夜的山路上，在敌人的追击下，带着这样小的五六个孩子撤退，其困难情景是可以想象的。孩子们的小脚统统走得肿起来了，哭哭啼啼地都伸着小手要赵伯伯抱着走。

老赵轮流地背一个抱一个，哄着其他的孩子们说："××是好孩子，自己走一段""××最乖，下来走几步赵伯伯再抱"。就这样抱上抱下，哄哄说说，天亮时老赵终于把孩子们带到了宿营地，当母亲们从老赵的怀里抱回自己孩子的时候，感激的热泪充满了眼眶。

几天之后，赵占魁完成了这一撤退任务，检查起来，整个家属队的母亲、小孩、老弱、病号，甚至连那个小脚肿起了一寸高水泡的老太婆，一个都没有丢失，也从未发生任何事故。因此没有人不表扬他这种克己、负责、爱护同志的精神，但他却从不再提起这件事，当工厂到达了安全地带以后，像以往数年一样，赵占魁同志又埋头在工厂的恢复工作当中了。

如果说赵占魁过去是从火里炼出来的，那仅是化铁炉里的火，而今天人民革命战争的烈火，更进一步锻炼了他。他经受住了这两重火的考验。赵占魁同志是坚强的。

"人民的天下大了!"

随着全国革命形势的发展，及解放区职工代表大会的召开，今年三月间，赵占魁同志在陕甘宁边区全体职工的一致拥戴下，被选为出席大会的代表，随西北代表团一起来到了东北。

一路上他经过了解放区许多城市，参观了各种各样的工厂，每到一地，解放区的党政军民，特别是工人群众，无不以高度的敬爱，热烈地欢迎着他，谁不愿意看看这位中国工人的旗帜赵占魁呢？谁不愿意从他的身上摄取一些宝贵的品质呢？因此在每一工厂，无论在院子里，在工作间，只要赵占魁一走进来，工人们就立刻围绕着他，争着和他谈话，和他握手；并诚恳地要求老赵给他们讲话，哪怕是一两句也好。

对于这些热情的欢迎，老赵是非常感动的，他认为像他这样一个普通的工人，十年来在党的领导下由于全心全意地为革命工作，爱护工厂，爱护同志，今天所得到的尊敬是太大了。因此每当工友们要他讲话的时候，他只有衷心地鼓励大家：努力工作，好好学习技术，全力打倒蒋介石。

这次一个半月的沿途见闻，应该说对老赵是一个很好的教育。在许多次的参观中，他看到了解放区工业的恢复和飞速的发展情形，看见了各种各样他从未看见过的好的机器和产品，大批丰富的原料、资材，和逐日提高的生产效率都使他感到最大的兴奋。他觉得人民的工业是大大地发展了，而自己的技术和知识却远远地落在这种近代化工业的后面，为此一路上他抱着虚心学习的态度，观察着机器，观察着工人们管理机器的技术，不断地和各地工友们谈话、学习。他说："比起你们来，我们各方面都是落后的，但好处是在最困难的条件下，建立了工业，生产了东西。"他坚信陕甘宁边区的工业，在党的领导下既然能够从无到有，今后从有到发展也是不成问题的。

比起工业设备和工业技术来，赵占魁同志更关心的却是各地工友们的生产情绪和政治觉悟。经过一般的了解，他认为解放区工人们的生产积极性是很高的，工人们已经开始认识到这样一个普遍真理：即把工厂当作了自己的家，认识到自己每一分钟的工作，都是在为革命生产物质力量，生产着加速蒋介石死亡的力量。

近代化的工业设备，加上工友们的政治觉悟，广大的解放区，加上千百万人民的支持，革命形势发展的图景，使赵占魁同志喜悦，也鼓舞着他前进，因此在哈尔滨的车站上，向着来欢迎他的工友们，他衷心地说："人民的天下大了！"

是的，"人民的天下大了"，赵占魁同志，我们热烈地祝愿你这面光荣的旗帜，永远飘扬在工人阶级的前面。

一九四八年七月写于哈尔滨

雁翎队

——鱼儿，游开吧，我们的船要去作战了。

——雁呵，飞去吧，我们的枪要去射杀敌人了。

唱着这样的歌，冀中白洋淀的渔人和猎户，在日寇的小汽艇扰乱了湖面的平静，把无止境的烧杀和勒索加在他们头上的时候，他们饱含着辛酸的眼泪，放下了鱼网和猎袋，划着渔船，捎着猎枪，一个个投进密密丛丛的芦苇，开始聚集起来了。

一个月，两个月……

无数的渔船和猎枪，在打雁人殷金芬的奔走号召下，在"为着咱们的白洋淀，也为着咱们的大雁和鱼虾……"的誓言声里，组织起来了。打雁人拿出了他们美丽的雁翎，把它作为一个共同行动的标志，插在每一个船头上。从此，"雁翎队"光辉的名字诞生了。在这纵横百余里的广阔的湖面上，随着这个名字出现的，是无数只插着雁翎，载着武装，使敌人惊慌失措的"鹰排子"①，和一个个用白毛巾裹头的战士。

他们在白洋淀的每一个港汊间，为敌人撒下了严密的埋伏网，猎枪从芦苇的背后瞄准了敌人的汽艇、包运船和粮队。白洋淀湛蓝的湖水，被枪声翻搅起来了，一望无际的荷莲和紫菱遭受了空前的蹂躏。傍晚再听不到饲鸭人嘎哑的吆唤，清晨再听不到那悠扬的采菱歌。

秋天，数十里纵深的芦苇在呼啸着，漫天飞舞着雪白的芦花，偶尔一条银色的鱼带着泼剌剌的水声，欢愉地从莲叶间跃出水面的时候，一群群潜伏的水鸟，便带着低沉的鸣叫，来回地从湖面掠过……这是白洋淀上美丽的季节，也是水上英雄们活跃的好时候。

他们依仗着惊人的水性和准确的射击，依仗着水藻

---

① 白洋淀上的一种小船，两头尖，船底突出，呈三角形，可容两三人，行驶极快，渔民放鱼鹰用的。

和芦苇的保护，三三两两驾着行驶如飞的雁翎船，到处分散活动，袭击敌人。一旦发生紧急情况，一声呼啸，几发信号枪，周围所有的雁翎船，便立即从四面八方同时出动，有时为着某种必要，在夜雾和晚风飘拂着的湖面上，他们将成百的雁翎船集中起来，趁着月色，悄悄地掩护着我们的水上运输。有时他们也会在一个橘色的黎明，突然包围了敌人的水上据点给以猛烈的袭击。

冬天，白洋淀广阔的湖面为明净的冰块凝固，我们又将看见无数只插着雁翎的冰橇，像一支支飞箭，在湖上穿过。

一九三九年的初秋，为了截击敌人一个运输汽艇，他们以十数只鹰排、二三十个勇敢的队员，潜入了赵北口至葛利口的中间地带。那里是一条长十里、宽半里至一里的水路要道，两旁长满了密密的芦苇和蒲草。他们巧妙地隐藏了船只，脱去了衣裤，全部跃进水里去，在芦苇的边缘，派出一个侦察哨。为着不使目标暴露，放哨者在水藻的伪装下，仅仅把两只眼睛露出水面，让湖水不断地从他的鼻孔下静静地流过。

一只巨大的拖船，用绳索拖拉着那喑哑了的运输艇驶近了。突然，芦苇中一声凄厉的口哨，惊起了几只潜伏的水鸟，接着两旁芦苇的深处，激荡着一片水声和呐喊，两排长筒的"排炮"①和雪亮的马刀，便威严地排列在押船敌兵们的面前了。

雁翎队的队员们迅速地割断了两船之间的绳索，捆绑了所有的五个敌兵，用自己插着雁翎的船只，满满地装载了敌船上的白糖、香烟、罐头和大米。使他们更加欢喜的却是缴获了三支三八式步枪，和一挺昭和十一年制造的轻机枪。

战斗锻炼了他们的勇气，更增长了他们对敌斗争的经验。

不久，敌人高叫着"平靖湖面"，要向雁翎队复仇。他们砍倒了芦苇，刈割了蒲草，用大批的汽船和木船巡逻湖面；同时在每一只船上高高地竖起了梯凳，设立了瞭望哨，凭靠他们优越的火力，使二百米以外的大小船只不能靠近一步。这时，我们的雁翎队便不得不改变战斗方式，采取更加分散的行动。在散布于白洋淀广阔湖岸，像无数

---

① 猎枪之一种，枪筒特别长，射程较一般土枪为远。

岛屿似的村庄边缘，雁翎队的队员们，化装成包着头巾的洗衣妇，或是悠闲的垂钓者，在相隔不远的距离内，默默地工作着。一遇到单独的敌船，或其他可乘的时机，一声呼啸，那些化装分散的雁翎队员们，便很快地从岸边隐藏地里，拔出自己的枪支和马刀，一面用猛烈的火力向敌人射击，一面泅水前进，直到完全消灭敌人的抵抗为止。有时候，他们也用衔着空心的苇秆透换空气的办法，带着武器，作数小时以上的水底埋伏，一遇时机，就人不知鬼不觉地突然颠翻敌船，把敌人沉尸湖底。

一九四〇年，随着冀中平原斗争的日益残酷，在八路军的直接帮助下，雁翎队开始变成一支更加有组织的队伍。他们选出了自己的队长和政治指导员，在共产党员殷金芬同志的率领下，有计划地配合我八路军水上部队积极行动起来。这中间，他们曾发动湖上的乡亲们，用下沉大树的办法，封锁了白洋淀中的每一条水道，又用无数的船舶搭成了一条条纵横交错的浮桥。这样，一旦发生敌情时，我们的部队便可以通过这些浮桥，迅速地增援。

当洪水第二次淹没了冀中，波浪泛滥的白洋淀上，我们光荣的雁翎队的弟兄，从年轻的采菱者到白发苍苍的打雁人，又全部投入了险恶的战斗。整个夏季和秋季，白洋淀周围的群众，除去每日回家做饭外，也长期生活在船上，活动于苇丛和港汊之间，配合着雁翎船和八路军的水上部队，不屈地同敌人战斗。他们曾发挥了高度的智慧，创造了大批能漂浮于水面的"葫芦水雷"①，把它们埋伏在每一条航路的水藻下，炸翻了无数只来往于天津、保定间的敌船，更炸破了敌胆。

四五年来，我们勇敢的雁翎队的弟兄们，就是这样灵活地与敌人战斗着，而且一直坚持到今天。在日寇残酷扫荡的冀中平原，白洋淀始终是最坚强的抗日堡垒之一，它同着千万只神出鬼没的雁翎船，一次又一次给敌人以致命的打击。

……

让我们遥向雁翎队的弟兄们致敬吧，如今又是芦苇丛密的时候了。

一九四三年八月七日于延安

---

① 此种"水雷"系将葫芦剖开，挖去内瓤，把炸药放入制成；其作用不亚于手榴弹，若一处集中数枚以上，爆炸力当更为猛烈。

县委书记的榜样——焦裕禄

一九六二年冬天，正是豫东兰考县遭受内涝、风沙、盐碱三害最严重的时刻。这一年，春天风沙打毁了二十万亩麦子，秋天淹坏了三十多万亩庄稼，盐碱地上有十万亩禾苗碱死，全县的粮食产量下降到了历史的最低水平。

就是在这样的关口，党派焦裕禄来到了兰考。

展现在焦裕禄面前的兰考大地，是一幅多么严重的灾荒的景象呵！横贯全境的两条黄河故道，是一眼看不到边的黄沙；片片内涝的洼窝里，结着青色的冰凌；白茫茫的盐碱地上，枯草在寒风中抖动。

困难，重重的困难，像一副沉重的担子，压在这位新到任的县委书记的双肩。但是，焦裕禄是带着《毛泽东选集》来的，是怀着改变兰考灾区面貌的坚定决心来的。在这个贫农出身的共产党员看来，这里有三十六万勤劳的人民，有烈士们流血牺牲解放出来的九十多万亩土地。只要加强党的领导，一时就有天大的艰难，也一定能杀出条路来。

第二天，当大家知道焦裕禄是新来的县委书记时，他已经下乡去了。

他到灾情最重的公社和大队去了。他到贫下中农的草屋里，到饲养棚里，到田边地头，去了解情况，观察灾情去了。他从这个大队到那个大队，一路走，一路和同行的干部谈论。见到沙丘，他说："栽上树，岂不是成了一片好绿林！"见到涝洼窝，他说："这里可以栽苇、种蒲、养鱼。"见到碱地，他说："治住它，把一片白变成一片青！"转了一圈回到县委，他向大家说："兰考是个大有作为的地方，问题是要干，要革命。兰考是灾区，穷，困难多，但灾区有个好处，它能锻炼人的革命意志，培养人的革命品格。革命者要在困难面前逞英雄。"

焦裕禄的话，说得大家心里热呼呼的。大家议论说，新来的县委书记看问题高人一着棋，他能从困难中看到希望，能从不利条件中看到有利因素。

"关键在于县委领导核心的思想改变"

连年受灾的兰考，整个县上的工作，几乎被发统销粮、贷款，救济棉衣和烧煤所淹没了。有人说县委机关实际上变成了一个供给部。那时候，很多群众等待救济，一部分干部被灾害压住了头，对改变兰考面貌缺少信心，少数人甚至不愿意留在灾区工作。他们害怕困难，更害怕犯错误……

焦裕禄想："群众在灾难中两眼望着县委，县委挺不起腰杆，群众就不能充分发动起来。'干部不领，水牛掉井'，要想改变兰考的面貌，必须首先改变县委的精神状态。"

夜，已经很深了，焦裕禄躺在床上翻来覆去睡不着。他披上棉衣，找县委一位副书记谈心去了。

在这么晚的时候，副书记听见叩门声，吃了一惊。他迎进焦裕禄，连声问："老焦，出了啥事？"

焦裕禄说:"我想找你谈谈。你在兰考十多年了,情况比我熟,你说,改变兰考面貌的主要问题在哪里?"

副书记沉思了一下,回答说:"在于人的思想的改变。"

"对。"焦裕禄说:"但是,应该在思想前面加两个字:领导。眼前关键在于县委领导核心的思想改变。没有抗灾的干部,就没有抗灾的群众。"

两个人谈得很久,很深,一直说到后半夜。他们的共同结论是,除"三害"首先要除思想上的病害;特别是要对县委的干部进行抗灾的思想教育。不首先从思想上把人们武装起来,要想完成除"三害"的斗争,将是不可能的。

严冬,一个风雪交加的夜晚,焦裕禄召集在家的县委委员开会。人们到齐后,他并没有宣布议事日程。只说了一句"走,跟我出去一趟",就领着大家到火车站去了。

当时,兰考车站上,北风怒号,大雪纷飞。车站的屋檐下,挂着尺把长的冰柱。国家运送兰考一带灾民前往丰收地区的专车,正从这里开过。也还有一些灾民,穿着国家救济的棉衣，蜷曲在货车上，拥挤在候车室里……

焦裕禄指着他们，沉重地说："同志们，你们看，他们绝大多数人，都是我们的阶级兄弟。是灾荒逼迫他们背井离乡的，不能责怪他们，我们有责任。党把这个县三十六万群众交给我们，我们不能领导他们战胜灾荒，应该感到羞耻和痛心……"

他没有再讲下去，所有的县委委员都沉默着低下了头。这时有人才理解，为什么焦裕禄深更半夜领着大家来看风雪严寒中的车站。

从车站回到县委，已经是半夜时分了，会议这时候才正式开始。

焦裕禄听了大家的发言，最后说："我们经常口口声声说要为人民服务，我希望大家能牢记着今晚的情景，这样我们就会带着阶级感情，去领导群众改变兰考的面貌。"

紧接着，焦裕禄组织大家学习《为人民服务》《纪念白求恩》《愚公移山》等文章，鼓舞大家的革命干劲，鼓励大家像张思德、白求恩那样工作。

以后，焦裕禄又专门召开了一次常委会，回忆兰考的革命斗争史。在残酷的武装斗争年代，兰考县的干部和人民，同敌人英勇搏斗，前仆后继。有个地区，在一个月内曾经有九个区长为革命牺牲。烈士马福重被敌人破腹后，肠子被拉出来挂在树上……焦裕禄说："兰考这块地方，是同志们用鲜血换来的。先烈们并没有因为兰考人穷灾大，就把它让给敌人，难道我们就不能在这里战胜灾害？"

一连串的阶级教育和思想斗争，使县委领导核心在严重的自然灾害面前站起来了。他们打掉了在自然灾害面前束手无策、无所作为的懦夫思想，从上到下坚定地树立了自力更生消灭"三害"的决心。不久，在焦裕禄的倡议和领导下，一个改造兰考大自然的蓝图制订出来了。这个蓝图规定在三五年内，要取得治沙、治水、治碱的基本胜利，改变兰考的面貌。这个蓝图经过县委讨论通过后，报告了中共开封地委，焦裕禄在报告上，又着重加了几句：

"我们对兰考的一草一木都有深厚的感情。面对着当前严重的自然灾害，我们有革命的胆略，坚决领导全县人民，苦战三五年，改变兰考的面貌。不达目的，我们死不瞑目。"

这几句话，深切地反映了当时县委的决心，也是兰考全党在上级党组织面前，一次庄严的宣誓。直到现在，它仍然深深地刻在县委所有同志的心上，成为鞭策他们前进的力量。

"吃别人嚼过的馍没味道"

焦裕禄深深地了解，理想和规划并不等于现实，这涝、沙、碱三害，自古以来害了兰考人民多少年呵！今天，要制伏"三害"，要把它们从兰考土地上像送瘟神一样驱走，必须进行大量艰苦细致的工作，付出高昂的代价。

他想，按照毛主席的教导，不管做什么工作，必须首先了解情况，进行调查研究。"没有调查就没有发言权"。要想战胜灾害，单靠一时的热情，单靠主观愿望，事情断然是办不好的。即使硬干，也要犯"闭塞眼睛捉麻雀""瞎子摸鱼"的错误。要想战胜灾害，必须详尽地掌握灾害的底细，了解灾害的来龙去脉，然后做出正确的判断和部署。

他下决心要把兰考县一千八百平方公里土地上的自然情况摸透，亲自去掂一掂兰考的"三害"究竟有多大分量。

根据这一想法，县委先后抽调了一百二十个干部、老农和技术员，组成一支三结合的"三害"调查队，在全县展开了大规模的追洪水、查风口、探流沙的调查研究工作。焦裕禄和县委其他领导干部，都参加了这场战斗。那时候，焦裕禄正患着慢性的肝病，许多同志担心他在大风大雨中奔波，会加剧病情的发展，劝他不要参加，但他毫不犹豫地拒绝了同志们的劝告，他说："吃别人嚼过的馍没味道。"他不愿意坐在办公室里依靠别人的汇报来进行工作，说完就背着干粮，拿着雨伞，和大家一起出发了。

每当风沙最大的时候，也就是他带头下去查风口，探流沙的时候，雨最大的时候，也就是他带头下去冒雨涉水，观看洪水流势和变化的时候。他认为这是掌握风沙、水害规律最有利的时机。为了弄清一个大风口，一条主干河道的来龙去脉，他经常不辞劳苦地跟着调查队，追寻风沙和洪水的去向，从黄河故道开始，越过县界、省界，一直追到沙落尘埃，水入河道，方肯罢休。在这场艰苦的斗争中，焦裕禄简直变成一个满身泥水的农村"脱坯人"了。他和调查队的同志们经常在截腰深的水里吃干粮，蹲在泥水处歇息……

　　有一次，焦裕禄从兰考堌阳公社回县的路上，遇到了白帐子猛雨。大雨下了七天七夜，全县变成了一片汪洋。焦裕禄想："呵，洪水呀，等还等不到哩，你自己送上门来了。"他回到县里后，连停也没停，就带着办公室的三个同志察看洪水去了。眼前只有水，哪里有路？他们靠着各人手里的一根棍，探着，走着。这时，焦裕禄突然感到一阵阵肝痛，不时弯下身子用左手按着肝区。三个青年恳求他："你回去休息吧。把任务交给我们，我们保证按照你的要求完成任务。"焦裕禄没有同意，继续一路走，一路工作着。

　　他站在洪水激流中，同志们为他张着伞，他画了一张又一张水的流向图。等他们赶到金营大队，支部书记李广志一看见焦裕禄就吃惊地问："一片汪洋大水，您是咋来的？"焦裕禄抢着手里的棍子说："就坐这条船来的。"李广志让他休息一下，他却拿出自己画的图来，一边指点着，一边滔滔不绝地告诉李广志，根据这里的地形和水的流势，应该从哪里到哪里开一条河，再从哪里到哪里挖一条支沟……这样，就可以把这几个大队的积水，统统排出去了。李广志听了非常感动，他没有想到，焦裕禄同志的领导工作竟这样地深入细致！到吃饭的时候了，他要给焦裕禄派饭，焦裕禄说："雨天，群众缺烧的，不吃啦！"说着，就又向风雨中走去。

送走了风沙滚滚的春天，又送走了暴雨连连的夏季，调查队在风里、雨里、沙窝里、激流里度过了一个月又一个月，方圆跋涉了五千余里，终于使县委抓到了兰考"三害"的第一手资料。全县有大小风口八十四个，经调查队一个个查清，编了号、绘了图；全县有大小沙丘一千六百个，也一个个经过丈量，编了号、绘了图；全县的千河万流，淤塞的河渠，阻水的路基、涵闸……也调查得清清楚楚，绘成了详细的排涝泄洪图。

这种大规模的调查研究，使县委基本上掌握了水、沙、碱发生、发展的规律。几个月的辛苦奔波，换来了一整套又具体又详细的资料，把全县抗灾斗争的战斗部署，放在一个更科学更扎实的基础之上。大家都觉得方向明，信心足，无形中增添了不少的力量。

"榜样的力量是无穷的"

夜已经很深了，阵阵的肝痛和县委工作沉重的担子，使焦裕禄久久不能入睡。他的心在想着兰考县的三十六万人和两千五百七十四个生产队。抗灾斗争的发展是不平衡的，基层干部和群众的思想觉悟也有高有低，怎样才能充分调动起群众的革命积极性？怎样才能更快地在全县范围内开展起轰轰烈烈的抗灾斗争？……

焦裕禄在苦苦思索着。

在多年的工作中，焦裕禄善于从毛泽东同志著作中汲取营养，按照他自己的说法，叫作"白天到群众中调查访问，回来读毛主席著作，晚上'过电影'"。他所说的"过电影"，主要是指联系实际来思考问题。他说："无论学习或工作，不会'过电影'那是不行的。"

现在，全县抗灾斗争的情景，正像一幕幕的电影活动在他的脑海里，此时此刻，他觉得毛泽东同志所倡导的深入群众，深入实际，调查研究的方法，是多么重要！他决定发动县委领导同志再到贫下中农中间去，集中群众的智慧寻求解决困难的办法。他自己更是经常住在老贫农的草庵子里，蹲在牛棚里，跟群众一起吃饭，一起劳动。他带着高昂的革命激情和对群众的无限信任，在广大贫下中农间询问着、倾听着、观察着。他听到许多贫下中农要求"翻身"、要求革命的呼声，看到许多队自力更生、奋发图强对"三害"斗争的革命精神。他在群众中学到了不少治沙、治水、治碱的办法，总结了不少可贵的经验。群众的智慧，使他受到极大的鼓舞，也更加坚定了他战胜灾害的信心。

韩村是一个只有二十七户人家的生产队。一九六二年秋天遭受了毁灭性的涝灾，每人只分了十二两红高粱穗。在这样严重的困难面前，生产队的贫下中农提出，不向国家伸手，不要救济粮、救济款，自己割草卖草养活自己。他们说："摇钱树，人人有，全靠自己一双手。不能支援国家，心里就够难受了，决不能再拉国家的后腿。"就在这年冬天，他们割了二十七万斤草，养活了全体社员，养活了八头牲口，还修理了农具，买了七辆架子车。

秦寨大队的贫下中农社员，在盐碱地上刮掉一层皮，从下面深翻出好土，盖在上面。他们大干深翻地的时候，正是最困难的一九六三年夏季，他们说："不能干一天就干半天，不能翻一锨就翻半锨，用蚕吃桑叶的办法，一口口啃，也要把这碱地啃翻个个儿。"

赵垛楼的贫下中农在七季基本绝收以后，冒着倾盆大雨，挖河渠，挖排水沟，同暴雨内涝搏斗。一九六三年秋天，这里一连九天暴雨，他们却夺得了好收成，卖了八万斤余粮。

双杨树的贫下中农在农作物基本绝收的情况下，雷打不散，社员们兑鸡蛋卖猪，买牲口买种子，坚持走集体经济自力更生的道路，社员们说："穷，咱穷到一块儿；富，咱也富到一块儿。"

韩村、秦寨、赵垛楼、双杨树，广大贫下中农自力更生的革命精神，使焦裕禄十分激动。他认为这就是在毛泽东思想哺育下的贫下中农革命精神的好榜样。他在县委会议上，多次讲述了这些先进典型的重大意义，并亲自总结了他们的经验。他说："榜样的力量是无穷的，我们应该把群众中这些可贵的东西，集中起来，再坚持下去，号召全县社队向他们学习。"

一九六三年九月，县委在兰考冷冻厂召开了全县大小队干部的会议，这是扭转兰考局势的大会，是兰考人民自力更生、奋发图强的一次誓师大会。会上，焦裕禄为韩村、秦寨、赵垛楼、双杨树的贫下中农鸣锣开道，请他们到主席台上，拉他们到万人之前，大张旗鼓地表扬他们的革命精神。他把群众中这些革命的东西，集中起来，总结为四句话："韩村的精神，秦寨的决心，赵垛楼的干劲，双杨树的道路。"他说："这就是兰考的新道路！是毛泽东思想指引的道路！"他大声疾呼，号召全县人民学习这四个样板，发扬他们的革命精神，在全县范围内锁住风沙，制伏洪水，向"三害"展开英勇的斗争！

这次大会在兰考抗灾斗争的道路上，是一个伟大的转折。它激发了群众的革命豪情，鼓舞了群众的革命斗志，有力地推动了全县抗灾斗争的发展。它使韩村等四个榜样的名字传遍了兰考，它让毛泽东思想的伟大红旗，在兰考三十六万群众的心目中，高高地升起！

从此，兰考人民的生活中多了两个东西，这就是县委和县人委发出的"奋发图强的嘉奖令"和"革命硬骨头队"的命名书。

"当群众最困难的时候，共产党员要出现在群众面前"

就在兰考人民对涝、沙、碱三害全面出击的时候，一场比过去更加严重的灾害又向兰考袭来。一九六三年秋季，兰考县一连下了十三天雨，雨量达二百五十毫米。大片大片的庄稼汪在洼窝里，渍死了。全县有十一万亩秋粮绝收，二十二万亩受灾。

焦裕禄和县委的同志们全力投入了生产救灾。

那是个冬天的黄昏。北风越刮越紧，雪越下越大。焦裕禄听见风雪声，倚在门边望着风雪发呆。过了会儿，他又走回来，对办公室的同志们严肃地说："在这大风大雪里，贫下中农住得咋样？牲口咋样？"接着他要求县委办公室立即通知各公社做好几件雪天工作。他说，"我说，你们记记：第一，所有农村干部必须深入到户，访贫问苦，安置无屋居住的人，发现断炊户，立即解决。第二，所有从事农村工作的同志，必须深入牛屋检查，照顾老弱病畜，保证不许冻坏一头牲口。第三，安排好室内副业生产。第四，对于参加运输的人畜，凡是被风雪隔在途中的，在哪个大队的范围，由哪个大队热情招待，保证吃得饱，住得暖。第五，教育全党，在大雪封门的时候，到群众中去，和他们同甘共苦。最后一条，把检查执行的情况迅速报告县委。"办公室的同志记下他的话，立即用电话向各公社发出了通知。

这天，外面的大风雪刮了一夜。焦裕禄的房子里，电灯也亮了一夜。

第二天，窗户纸刚刚透亮，他就挨门把全院的同志们叫起来开会。焦裕禄说："同志们，你们看，这场雪越下越大，这会给群众带来很多困难，在这大雪拥门的时候，我们不能坐在办公室里烤火，应该到群众中间去。共产党员应该在群众最困难的时候，出现在群众的面前，在群众最需要帮助的时候，去关心群众，帮助群众。"

简短的几句话，像刀刻的一样刻在每一个同志的心上。有人眼睛湿润了，有人有多少话想说也说不出来了。他们的心飞向冰天雪地的茅屋去了。大家立即带着救济粮款，分头出发了。

风雪铺天盖地而来。北风响着尖利的哨音，积雪有半尺厚。焦裕禄迎着大风雪，什么也没有披，火车头帽子的耳朵在风雪中忽闪着。那时候，他的肝痛常常发作，有时疼得厉害，他就用一支钢笔硬顶着肝部。现在他全然没想到这些，带着几个年轻小伙子，踏着积雪，一边走，一边高唱《南泥湾》。

这一天，焦裕禄没烤群众一把火，没喝群众一口水。风雪中，他在九个村子，访问了几十户生活困难的老贫农。在许楼，他走进一个低矮的柴门。这里住的是一双无儿无女的老人。老大爷有病躺在床上，老大娘是个瞎子。焦裕禄一进屋，就坐在老人的床头问寒问饥。老大爷问他是谁？他说："我是您的儿子。"老人问他大雪天来干啥？他说："毛主席叫我来看望您老人家。"老大娘感动得不知说什么才好，用颤抖的双手上上下下摸着焦裕禄。老大爷眼里噙着泪说："解放前，大雪封门，地主来逼租，撵得我蹿人家的房檐，住人家的牛屋。"焦裕禄安慰老人说："如今印把子抓在咱手里，兰考受灾受穷的面貌一定能够改过来。"

就是在这次雪天送粮当中，焦裕禄也看到和听到了许多贫下中农极其感人的故事。谁能够想到，在毁灭性的涝灾面前，竟有那么一些生产队，两次三番退回国家送给他们的救济粮、救济款。他们说：把救济粮、救济款送给比我们更困难的兄弟队吧，我们自己能想办法养活自己！

焦裕禄心里多么激动呵！他看到毛泽东思想像甘露一样滋润了兰考人民的心，党号召的自力更生、奋发图强的精神，在困难面前逞英雄的硬骨头精神，已经变成千千万万群众敢于同天抗、同灾斗的物质力量了。

有了这种精神，在兰考人民面前还有什么天大的灾害不能战胜！

"县委书记要善于当'班长'"

焦裕禄常说，县委书记要善于当"班长"，要把县委这个"班"带好，必须使这"一班人"思想齐、动作齐。而要统一思想、统一行动，就必须靠毛泽东思想。

他是这样想的，也是这样做的。

县人委有一位从丰收地区调来的领导干部，提出了一个装潢县委和县人委领导干部办公室的计划。连桌子、椅子、茶具，都要换一套新的。为了好看，还要把城里一个污水坑填平，上面盖一排房子。县委多数同志激烈地反对这个计划。也有人问："钱从哪里来？能不能花？"这位领导干部管财政，他说："花钱我负责。"

但是，焦裕禄提了一个问题：

"坐在破椅子上不能革命吗？"

他接着说明了自己的意见：

"灾区面貌没有改变，还大量吃着国家的统销粮。群众生活很困难。富丽堂皇的事，不但不能做，就是连想也很危险。"

后来，焦裕禄找这位领导干部谈了几次话，帮助他认识错误。焦裕禄对他说："兰考是灾区，比不得丰收区。即使是丰收区，你提的那种计划，也是不应该做的。"焦裕禄劝这位领导干部到贫下中农家里去住一住，到贫下中农中间去看一看。去看看他们想的是什么，做的是什么。焦裕禄作为县委的班长，他从来不把自己的意见，强加于人。他对同志们要求非常严格，但他要求得入情入理，叫你自己从内心里生出改正错误的力量。不久以后，这位领导干部认识了错误，自己收回了那个"建设计划"。

有一位公社副书记在工作中犯了错误。当时，县委开会，多数委员主张处分这位同志。但焦裕禄经过再三考虑，提出暂时不要给他处分。焦裕禄说，这位同志是我们的阶级弟兄，他犯了错误，给他处分固然是必要的，但是，处分是为了达到治病救人的目的。当前改变兰考面貌，是一个艰巨的斗争，不如派他到最艰苦的地方去，考验他，锻炼他，给他以改正错误的机会，让他为党的事业出力，这样不是更好吗？

县委同意了焦裕禄的建议，决定派这个同志到灾害严重的赵垛楼去蹲点。这位同志临走时，焦裕禄把他请来，严格地提出批评，亲切地提出希望，最后焦裕禄说："你想想，当一个不坚强的战士，当一个忘了群众利益的共产党员，多危险，多可耻呵！先烈们为解放兰考这块地方，能付出鲜血、生命，难道我们就不能建设好这个地方？难道我们能在自然灾害面前当怕死鬼？当逃兵？"

焦裕禄的话，一字字、一句句都紧紧扣住这位同志的心。这话的分量比一个最重的处分决定还要沉重，但这话也使这位同志充满了战斗的激情。阶级的情谊，革命的情谊，党的温暖，在这位犯错误的同志的心中激荡着，他满眼流着泪，说："焦裕禄同志，你放心……"

这位同志到赵垛楼以后，立刻同群众一道投入了治沙治水的斗争。他发现群众的生活困难，提出要卖掉自己的自行车，帮助群众，县委制止了他，并且指出，当前最迫切的问题，是从思想上武装赵垛楼的社员群众，领导他们起来，自力更生进行顽强的抗灾斗争，一辆自行车是不能解决什么问题的。以后，焦裕禄也到赵垛楼去了。他关怀赵垛楼的两千来个社员群众，他也关怀这位犯错误的阶级弟兄。

就在这年冬天，赵垛楼为害农田多年的二十四个沙丘，被社员群众用沙底下的黄胶泥封盖住了。社员们还挖通了河渠，治住了内涝。这个一连七季吃统销粮的大队，一季翻身，卖余粮了。

也就在赵垛楼大队"翻身"的这年冬天，那位犯错误的同志，思想上也翻了个个儿。他在抗灾斗争中，身先士卒，表现得很英勇。他没有辜负党和焦裕禄对他的期望。

焦裕禄，出生在山东淄博一个贫农家里，他的父亲在解放前就被国民党反动派逼迫上吊自杀了。他从小逃过荒，给地主放过牛，扛过活，还被日本鬼子抓到东北挖过煤。他带着家仇、阶级恨参加了革命队伍，在部队、农村和工厂里做过基层工作。自从参加革命一直到当县委书记以后，他始终保持着劳动人民的本色。他常常开襟解怀，卷着裤管，朴朴实实地在群众中间工作，劳动。贫农身上有多少泥，他身上就有多少泥。他穿的袜子，补了又补，他爱人要给他买双新的，他说："跟贫下中农比一比，咱穿得就不错了。"夏天他连凉席也不买，只花四毛钱买一条蒲席铺。

有一次，他发现孩子很晚才回家去。一问，原来是看戏去了。他问孩子："哪里来的票？"孩子说："收票叔叔向我要票，我说没有。叔叔问我是谁？我说焦书记是我爸爸。叔叔没有收票就叫我进去了。"焦裕禄听了非常生气,当即把一家人叫来"训"了一顿,命令孩子立即把票钱如数送给戏院。接着,他又建议县委起草了一个通知:不准任何干部特殊化,不准任何干部和他们的子弟"看白戏"……

"焦裕禄是我们县委的好班长,好榜样。"

"在焦裕禄领导下工作,方向明,信心大,敢于大作大为,心情舒畅,就是累死也心甘。"

焦裕禄的战友这样说,反对过他的人这样说,犯过错误的人也这样说。

他心里装着全体人民,唯独没有他自己

县委一位副书记在乡下患感冒,焦裕禄几次打电话,要他回来休息,组织部一位同志有慢性病,焦裕禄不给他分配工作,要他安心疗养;财委一位同志患病,焦裕禄多次催他到医院检查……焦裕禄的心里,装着全体党员和全体人民,唯独没有他自己。

一九六四年春天,正当党领导着兰考人民同涝、

沙、碱斗争胜利前进的时候，焦裕禄的肝病也越来越重了。很多人都发现，无论开会、作报告，他经常把右脚踩在椅子上，用右膝顶住肝部。他棉袄上的第二和第三个扣子是不扣的，左手经常揣在怀里。人们留心观察，原来他越来越多地用左手按着时时作痛的肝部，或者用一根硬东西顶在右边的椅靠上。日子久了，他办公坐的藤椅上，右边被顶出了一个大窟窿。他对自己的病，是从来不在意的。同志们问起来，他才说他对肝痛采取了一种压迫止痛法。县委的同志们劝他疗养，他笑着说，"病是个欺软怕硬的东西，你压住他，他就不欺侮你了。"焦裕禄暗中忍受了多大痛苦，连他的亲人也不清楚。他真是全心全意投入到改变兰考面貌的斗争中去了。

焦裕禄到地委开会，地委负责同志劝他住院治疗，他说："春天要安排一年的工作，离不开！"没有住。地委给他请来一位有名的中医诊断病情，开了药方，因为药费很贵，他不肯买。他说："灾区群众生活很困难，花这么多钱买药，我能吃得下吗？"县委的同志背着他去买来三剂，强他服了，但他执意不再服第四剂。

那天，县委办公室的干部张思义和他一同骑自行车到三义寨公社去。走到半路，焦裕禄的肝痛发作，疼得骑不动，两个人只好推着自行车慢慢走。刚到公社，大家看他气色不好，就猜出是他又发病了。公社的同志说："休息一下吧。"他说："谈你们的情况吧，我不是来休息的。"

公社的同志一边汇报情况，一边看着焦裕禄强按着肚子在做笔记。显然，他的肝痛得使手指发抖，钢笔几次从手指间掉了下来。汇报的同志看到这情形，忍住泪，连话都说不出来了，而他，看来还是神情自若的样子，说：

"说，往下说吧。"

一九六四年的三月，兰考人民的除"三害"斗争达到了高潮，焦裕禄的肝病也到了严重关头。躺在病床上，他的心潮汹涌澎湃，奔向那正在被改造着的大地。他满腔激情地坐到桌前，想动手写一篇文章，题目是"兰考人民多奇志，敢教日月换新天"。他铺开稿纸，拟好了四个小题目：一、设想不等于现实。二、一个落后地区的改变，首先是领导思想的改变。领导思想不改变，外地的经验学不进，本地的经验总结不起来。三、榜样的力量是无穷的。四、精神原子弹——物质变精神，精神变物质。

充满了革命乐观主义的焦裕禄，从兰考人民在抗灾斗争中表现出来的英雄气概，从兰考人民一步一个脚印的实干精神中，已经预见到新兰考美好的未来。但是，文章只开了个头，病魔就逼他放下了手中的笔，县委决定送他到医院治病去了。

临行那一天，由于肝痛得厉害，他是弯着腰走向车站的。他是多么舍不得离开兰考呵！一年多来，全县一百四十九个大队，他已经跑遍了一百二十多个。他把整个身心，都交给了兰考的群众、兰考的斗争。正像一位指挥员在战斗最紧张的时刻，离开炮火纷飞的前沿阵地一样，他从心底感到痛苦、内疚和不安。他不时深情地回顾着兰考城内的一切，他多么希望能很快地治好肝病，带着旺盛的精力回来和群众一块战斗呵！他几次向送行的同志们说，不久他就会回来的。在火车开动前的几分钟，他还郑重地布置了最后一项工作，要县委的同志好好准备材料，等他回来时，向他详细汇报抗灾斗争的战果。

"活着我没有治好沙丘，
死了也要看着你们把沙丘治好！"

开封医院把焦裕禄转到郑州医院，郑州医院又把他转到北京的医院。在这位钢铁般的无产阶级战士面前，医生们为他和肝痛斗争的顽强性格感到惊异。他们带着崇敬的心情站在病床前诊察，最后很多人含着眼泪离开。

那是个多么令人悲怆的日子呵！医生们开出了最后的诊断书，上面写道："肝癌后期，皮下扩散。"这是不治之症。送他去治病的赵文选同志，决不相信这个诊断，人像傻了似的，连声问道："什么，什么？"医生怀着沉重的心情，低声说："焦裕禄同志最多还有二十天时间。"

赵文选呆了一下，突然放声痛哭起来。他央告着说：

"医生，我求求你，我恳求你，请你把他治好，俺兰考是个灾区，俺全县人离不开他，离不开他呀！"

— 81 —

在场的人都含着泪。医生说："焦裕禄同志的工作情况，在他进院时，党组织已经告诉我们。癌症现在还是一个难题，不过，请你转告兰考县的群众，我们医务工作者，一定用焦裕禄同志同困难和灾害斗争的那种革命精神，来尽快攻占这个高地。"

焦裕禄又被转到郑州河南医学院附属医院。

焦裕禄病危的消息传到兰考后，县上不少同志去郑州看望他。县上有人来看他，他总是不谈自己的病，先问县里的工作情况，他问张庄的沙丘封住了没有？问赵垛楼的庄稼淹了没有？问秦寨盐碱地上的麦子长得怎样？问老韩陵地里的泡桐树栽了多少？……

有一次，他特地嘱咐一个县委办公室的干部说：

"你回去对县委的同志说，叫他们把我没写完的文章写完，还有，把秦寨盐碱地上的麦穗拿一把来，让我看看！"

五月初，焦裕禄的病情进一步恶化了。在这种情况下，县委的一位副书记匆匆赶到郑州探望他。当焦裕禄用干瘦的手握着他的手，两只失神的眼睛深情地望着他时，这位副书记的泪珠禁不住一颗颗滚了下来。

焦裕禄问道："听说豫东下了大雨，雨多大？淹了没有？"

"没有。"

"这样大的雨，咋会不淹？你不要不告诉我。"

"是没有淹！排涝工程起作用了。"副书记一面回答，一面强忍着悲痛给他讲了一些兰考人民抗灾斗争胜利的情况，安慰他安心养病，说兰考面貌的改变也许会比原来的估计更快一些。

这时候，副书记看到焦裕禄在全力克制自己剧烈的肝痛，一粒粒黄豆大的冷汗珠时时从他额头上浸出来。他勉强擦了擦汗，半晌，问道：

"我的病咋样？为什么医生不肯告诉我呢？"

副书记迟迟没有回答。

焦裕禄一连追问了几次，副书记最后不得不告诉他说："这是组织上的决定。"

听了这句话，焦裕禄点了点头，镇定地说道："呵，我明白了……"

隔了一会儿，焦裕禄从怀里掏出一张自己的照片，颤颤地交给这位副书记，然后说道："现在有句话我不能不说了。回去对同志们说，我不行了，你们要领导兰考人民坚决地斗争下去。党相信我们，派我们去领导，我们是有信心的。我们是灾区，我死了，不要多花钱。我死后只有一个要求，要求组织上把我运回兰考，埋在沙堆上，活着我没有治好沙丘，死了也要看着你们把沙丘治好！"

副书记再也无法忍住自己的悲痛，他望着焦裕禄，鼻子一酸，几乎哭出声来。他带着泪告别了亲密的阶级战友……

谁也没有料到，这就是焦裕禄同兰考县人民，同兰考县党组织的最后一别。

一九六四年五月十四日，焦裕禄同志不幸逝世了。那一年，他才四十二岁。

在他生命的最后时刻，中共河南省委和开封地委有两位负责同志守在他的床前。他对这两位上级党组织的代表断断续续地说出了最后一句话："我……没有……完成……党交给我的……任务。"

他死后，人们在他病床的枕下发现两本书，一本是《毛泽东选集》，一本是《论共产党员的修养》。

他没有死，他还活着

事隔一年以后，一九六五年春天，兰考县几十个贫农代表和干部，专程来到焦裕禄的坟前。贫农们一看见焦裕禄的坟墓，就仿佛看见了他们的县委书记，看见了他们永远也不会忘记的那个人。

一年前，他还在兰考，同贫下中农一起，日夜奔波在抗灾斗争的前线。人们怎么会忘记，在那大雪封门的日子，他带着党的温暖走进了贫农的柴门；在那洪水暴发的日子，他拄着棍子带病到各个村庄察看水情。是他高举着毛泽东思想的红灯，照亮了兰考人民自力更生的道路，是他带领兰考人民扭转了兰考的局势，激发了人们的革命精神，是他喊出了"锁住风沙，制伏洪水"的号召；是他发现了贫下中农中革命的"硬骨头"精神，使之在全县发扬光大……这一切，多么熟悉，多么亲切呵！谁能够想到，像他这样一个充满着革命活力的人，竟会在兰考人民最需要他的时候，离开了兰考的大地。

人们一个个含着泪站在他的坟前，一位老贫农泣不成声地说出了三十六万兰考人的心声：

"我们的好书记，你是活活地为俺兰考人民，硬把你给累死的呀。困难的时候你为俺贫农操心，跟着俺们受罪，现在，俺们好过了，全兰考翻身了，你却一个人在这里……"

这是兰考人民对自己的亲人、阶级战友的痛悼，也是兰考人民对一个为他们的利益献出生命的共产党员的最高嘉奖。

焦裕禄去世后的这一年，兰考县的全体党员，全体人民，用汗水灌溉了兰考大地。三年前焦裕禄倡导制订的改造兰考大自然的蓝图，经过三年艰苦努力，已经变成了现实。兰考，这个豫东历史上缺粮的县份，一九六五年粮食初步自给了。全县二千五百七十四个生产队，除三百来个队是棉花、油料产区外，其余的都陆续自给，许多队有了自己的储备粮。一九六五年，兰考县连续旱了六十八天，从一九六四年冬天到一九六五年春天，刮了七十二次大风，却没有发生风沙打死庄稼的灾害，十九万亩沙区的千百条林带开始把风沙锁住了。这一年秋天，连续下了三百八十四毫米暴雨，全县也没有一个大队受灾。

焦裕禄生前没有写完的那篇文章，正由三十六万兰考人民在兰考大地上奋力集体完成。在这篇文章里，兰考人民笑那起伏的沙丘"贴了膏药，扎了针"①，笑那滔滔洪水乖乖地归了河道，笑那人老几辈连茅草都不长的老碱窝开始出现了碧绿的庄稼，笑那多少世纪以来一直压在人们头上的大自然的暴君，在伟大的毛泽东时代，不能再任意摆布人们的命运了。

焦裕禄虽然去世了，但他在兰考土地上播下的自力更生的革命种子，正在发芽成长。他一心为革命，一心为群众的高贵品德，已成为全县干部和群众学习的榜样。这一切宝贵的精神财富，今天已化为强大的物质力量，推动着兰考人民在自力更生、奋发图强的大道上继续奋勇前进。兰考灾区面貌的改变，还只是兰考人民征服大自然的开始，在这场伟大的向大自然进军的斗争中，他们不仅要彻底摘掉灾区的帽子，而且决心不断革

---

① 这是焦裕禄生前总结兰考人民治沙经验说过的两句话。"贴了膏药"是指用翻淤压沙的办法把沙丘封住，"扎了针"是指在沙丘上种上树，把沙丘固定住。

命，把大部分农田逐步改造成为旱涝保收的稳产高产田，建设社会主义新兰考。

焦裕禄同志，你没有辜负党的希望，你出色地完成了党交给你的任务，兰考人民将永远忘不了你。你不愧为毛泽东思想哺育成长起来的好党员，不愧为党的好干部，不愧为人民的好儿子！你是千千万万在严重自然灾害面前，巍然屹立的共产党员英雄形象的代表。你没有死，你将永远活在千万人的心里！

一九六六年二月四日

（本文系同冯健、周原合写）

遇见世界

金字塔夕照

九月的开罗是金色的。

在金色的夕阳下，金色的田野，金色的沙漠，连尼罗河的河水也泛着金光；而那古老的金字塔啊，简直像是用纯金铸成的。远远望去，它像漂浮在沙海中的三座金山，似乎一切金色的光源，都是从它们那里放射出来的。你看，天上地下，黄澄澄，金灿灿，一片耀眼的色调，一幅多么开阔而又雄浑的画卷啊！

从少小时候起，我就听到过许多有关金字塔的传说，向往着它神秘的风采。如今，当我来到金字塔下，望着这人间的奇迹，更禁不住思绪激荡。我不知道金字塔这个汉文译名，最早是怎么得来的。究竟是出于象形，还是会意？但无论哪一种考虑，我认为都是绝妙的。说它象形，你看它多像一个汉文的"金"字；说它会意，几千年来在世界历史上，在人们的心目中，金字塔不愧是熠熠发光的珍宝，人类劳动和智慧的结晶，它的价值无疑比金子还要贵重。

有人说金字塔的白昼和月夜，各有各的情趣，各有各的美；但我觉得最令人难忘的，恐怕还是这大漠落照中金字塔的色彩。那一片迷人的金色，简直把你熔化进一个神奇的境界，使你充满豪迈的感受，引起无边的遐想，不由自己地产生一种怀古的幽思……

也许是迎合人们这种心理，据说，每当夜晚，金字塔前都要举行几场所谓"声光表演"。埃及人用奇异的灯光，制造种种幻景，用一些古老的乐曲、摹拟的音响和对话，来再现几千年前法老王宫中烜赫的威仪，在一片声光交错的扑朔迷离之中，使你仿佛置身于古埃及往昔的盛世，产生种种奇妙的幻觉和联想。而当这些声光沉寂下来的时候，一切都消失了，只有金字塔依然在黑暗中矗立。

我没有机会欣赏这虚幻的情景，重温金字塔那早已逝去的繁荣。踏着沙漠中的夕阳漫步，展现在我面前的毕竟是一个现实而同样令人迷惘的世界。

我看见，一些肥胖的外国人骑着干瘦的埃及骆驼，在兴高采烈地漫游；

我看见，穿着破旧长袍的埃及人，见到外国游人到来，便蜂拥而上，争抢着要为他们充当向导；

我看见，在金字塔下，在沙尘迷漫的道路两旁，一群肮脏的孩子拿着粗糙的石雕、木刻，到处在向游人兜售，甚至追逐在人们的身后纠缠不休；

有人告诉我，如果时间稍早一点，你还可以看到许多外国阔佬愿意掏出钱来，让一些矫健的埃及人表演攀登金字塔的绝技，欣赏他们像猿猴一样，能在十分钟之内爬上四百五十英尺的金字塔顶端，然后再爬下来……

谈话间，几个埃及老人牵着骆驼和毛驴迎面走来，他们雪白的胡须，奇异的服饰，再加上打扮得花花绿绿的骆驼和毛驴，在金字塔前组成了一幅独具特色的画面。可是，当我正要举起相机的时候，同伴们悄悄制止了我：

"不要照，他们会向你要钱的！"

我收起相机，默默地走开了。

一阵轻风吹过，飘起地上游人丢弃的片片纸屑，也带来沙漠地带那种特有的干燥郁闷的气息。夕阳已逐渐下沉，暮色正从沙漠的边缘悄悄向这里逼近。四野的游人渐渐稀疏、远去……这时，我忽然觉得，金字塔其实是荒凉的。

　　在司芬克斯面前，我停下了脚步。这个人面狮身的大石像，在暮色苍茫中，似乎也失去了它原有的光彩。关于它，过去我曾读过不少动人的描写，有人说它的表情是神秘的，也有人说它充满了忧郁。我想，这大概是由于各人的心情和感受不同所产生的不同印象。当年，拿破仑侵入开罗，耀武扬威，不可一世。许多人拜倒在他的脚下，唯独这个司芬克斯依然昂首高踞，面向东方，仿佛故意在向他挑战，惹得这位法军统帅大为恼火，竟下令开枪打坏了它的鼻子。后来，一些外国的游人，又把它当作能够带来好运的神物，千方百计要从它身上砸点石块带走，这样就更使它遭到遍体鳞伤的摧残。只有那些真正同情埃及人民，并和他们有着同样命运的人们，才会从心灵深处感受到它的忧郁，甚至觉得它的眼睛里满含着泪水。

五千年了，这座人面狮身的石像，经历了多少风风雨雨啊！它目睹了埃及历史上的兴盛和衰微，也看到了近几个世纪以来，在殖民主义、帝国主义的掠夺下，埃及人民的苦难；说司芬克斯是埃及历史的见证，是丝毫也不算夸张的。听说这里的声光表演，也让它用苍老的声音叙述自己的历史和见闻。当然，它可以讲许多令人神往的往事，也可以盛赞古埃及悠久而又灿烂的文化，但我不知道，对于眼前发生在它周围的情景：那剥落的石块，憔悴的沙漠，那贫穷的老人，肮脏的孩子，那一匹匹羸弱呆痴的骆驼，一双双在外国游人面前伸出的大手、小手……它又能说些什么呢？难道它能埋怨埃及子孙的不肖，责备他们是靠着祖宗的遗产在向人乞讨吗？

……

想到这些，我的心情是沉重的。

我曾到过西方一些著名的城市，在它们的广场上，像一把朝天的宝剑一样，耸立着古埃及的尖碑，博物馆里陈列着中国的青铜和瓷器，也陈列着巨大的埃及石棺和雕刻。似乎没有这些古老文物的点缀，就很难炫耀这个国家的财富和文明。其实，在我看来，这些并不能给它们增加什么光彩，相反，恰恰是它们罪恶掠夺的见证。

多少年来，正是由于这些无止境的掠夺、奴役和压榨，使得整个非洲陷入深深的苦难。全世界的吸血鬼们几乎都把他们的尖喙，插进过非洲的血管。有时，我甚至想过，如果金字塔和司芬克斯不是如此巨大和不可动摇，恐怕它们也早已泣别了自己的故乡，离开了尼罗河畔……

记得刚到开罗的头几天，这座城市曾以自己对照鲜明的外观，给我留下了极其深刻的印象。这里既有埃及古老文明的庄严与圣洁，又有西方现代世界中的堕落和糜烂；既有数不尽的高楼大厦，川流不息的滚滚车流，又有随处可见的栖息在街头路边的乞儿和流浪者；在一些国际性豪华的旅馆和饭店，你可以品尝到世界各地的佳肴，但在埃及普通人民的生活中，当时却不得不忍受着"无肉月"的折磨。开罗市内有一个奇特的"死人城"，那里原是一个巨大的公墓，而现在却成为成千上万无家可归的穷苦埃及人的住所。我曾经去参观过这个活人和死人杂居的地方，垃圾堆旁支着简陋的锅灶，墓前晾晒着破衣烂衫，污水在到处流淌，一些赤条条的孩子的头上、脸上，叮满了可怕的苍蝇……这一切使我深深感到，巍峨的金字塔以及围绕着它的整个埃及国土，仿佛是一个五光十色的多棱镜，不同的镜面反映出截然不同的景象。它们彼此是那么矛盾，然而，又是那么真实！

夕阳的余晖逐渐消退下去，不知什么时候，月亮已苍白地悬挂在金字塔的上空。这时，一辆辆亮着车灯的小卧车，接连不断地从灯火闪烁的开罗市区，经过我们的身边，向金字塔背后的夜色中驰去。朋友们告诉我，那里有一些专供外国阔佬们寻欢作乐的夜花园、夜总会，它们就在离金字塔不远的地方，在一片沙漠中追求着别开生面的梦境。

同伴们问我要不要也去那里看看夜景，我笑了笑，摇头谢绝了。我说："如果有机会再来埃及，我倒想看看金字塔的黎明。"在漫天朝霞的红光里，我想，金字塔必定是另一番景象！

一九八二年七月

水城威尼斯

　　威尼斯是世界著名的水城，它的美是水和桥构成的。今天，它是世界上唯一没有汽车的城市。

　　我们从米兰到威尼斯的夜晚，一下火车，天正落着小雨，走出站台便听到水声拍岸，浪花就在我们的脚下飞溅。安莎社的朋友们开来一艘小汽艇，正在码头上等候我们。他们风趣地说："这就是我们威尼斯的汽车。"

　　船在弯弯曲曲的水道上行进，两岸闪烁着路灯，大片大片的雨丝在灯影里飘落着。从一些黑洞洞的建筑物里，偶尔也透出星星点点的灯光，在水面上摇曳着长长的光影。一路上我们只觉得头顶上闪过一座座小桥，但记不清数目，也看不清都是些什么形状。

　　我们住的欧洲旅馆，好像就是在水里盖起来的，它在自己的大门口建造了一座活动的码头，当我们提着行李踏上这摇摇晃晃的码头时，我突然感到这不是在上岸，而是登上一艘更大的航船。

第二天一早起来，我推开窗子，只见窗下就是一条开阔的水道，大小船只不断地来来往往。这就是威尼斯著名的大运河。对岸是一个古老的教堂，建筑得很漂亮，阳光在它的塔尖上闪耀。几只白色的海鸥上下飞翔，三四个披着黑纱的修女，正在教堂的门口悠闲地散步……好一幅幽美的图画啊！

我兴致勃勃地跑下楼去，想站在旅店的码头上看看两边的风景，谁知清晨潮水上涨，码头已浸在海水里。旅店主人不得不在码头上又架起木板当作浮桥，让客人们上下船时通行。旅馆东西两侧的餐厅，因为突出水面，潮水涨上来，大部分桌椅都泡在水里，成了名副其实的水上餐厅。

按照当天的日程，上午我们要到圣马可广场参观，向导领着我们从旅店连接陆地的后门走出去。街上这里那里还积存有未退尽的潮水，人们都穿着长统皮靴走来走去。狭窄的街道上还到处搭着木板，看来这种便桥家家都有准备，一旦水漫过来，家家搭起木板，纵横相连，整个街道和城市又可通行无阻了。

当威尼斯最著名的圣马可广场第一次出现在我的眼前时，我完全被它出乎意料的美丽怔住了。这个古老的广场是由教堂、钟楼和其他相称的建筑物所组成，它们造型的优美、和谐，石雕的生动、逼真，可以说是古罗马建筑中少有的杰作。当时，蓝天白云，阳光灿烂，广场一半以上的地方还浸在潮水里。建筑物的清晰的倒影，加上周围咖啡馆的露天陈设，游人们鲜艳的衣着，五光十色，上下辉映，形成了一幅极其迷人的图画。广场上，母亲们带着孩子在水中嬉戏，年轻人脱去鞋袜来回奔跑；大群大群的鸽子，时而簇拥在地上觅食，时而又带着扑扑拉拉的振翅声，飞满整个广场的上空。

据当地向导告诉我，圣马可广场平时就很漂亮，很多人称它是威尼斯的明珠。但他认为最美丽的还是涨潮的时候，一片潮水如同在广场铺上一面巨大的镜子，使所有建筑像镶嵌在水晶或玻璃中间，显得更加玲珑剔透，光彩照人。只是这种情景很难遇到，威尼斯虽然每天都有落潮涨潮，但出现水漫广场的景致，一年最多也不过几次。大家都认为我们运气实在太好，恰恰就在我们到达的第二天一早，威尼斯就以它最友好、最美丽的面貌接待了我们。

圣马可广场面临大海，是游人聚集的中心。一七九七年拿破仑进占威尼斯后，垂涎这里的景色，赞叹圣马可广场是"世界上最美的广场"，因此曾下令把广场旁边的总督府改为行宫，至今人们还把它叫作拿破仑宫。广场上的圣马可教堂，也是意大利著名的建筑。它是为《马可福音》的作者，圣徒马可兴建的。据说威尼斯人把圣马可当作保护神，教堂内有圣马可的陵墓。圣马可教堂最引人注目的：一是内部墙壁上用石子和碎瓷镶嵌的壁画；一是大门顶上正中部分，雕有四匹金色的奔驰着的骏马。可惜我们去的时候，教堂正在修缮，四匹马只剩下一匹，其他三匹不知搬到哪里去了。

广场周围，开设有许多饭馆和咖啡店，桌椅就露天摆放在广场上。白天，游人们在这里用餐，夜晚更是喝咖啡、听音乐最好的场所。据说，每当夏季游人最盛的时候，广场上夜夜灯光灿烂，乐声四起，歌声笑语彻夜不息，使这个美丽的广场，更增加一层迷人的色彩。

我们在威尼斯访问了两天，曾多次乘船经过市区，饱览了这座水城大街小巷的特殊风光。有些水道比北京的小胡同还要狭窄，两条船不能并开，只能单行。街道两旁都是古老的房屋，底层大多为居民的船库。连接街道两岸的是各种各样的石桥或木桥。它们高高地横跨街心，一点也不妨碍行船。据说威尼斯一共有四百座桥梁，和一百七十多条水街。纵横交错，四面贯通，人们以舟代车，以桥代路，陆地、水面，游人熙攘，鸽子与海鸥齐飞，形成了这个世界著名水城的一种特有的生活情趣。

　　威尼斯还有一种古老的游览船，名叫"贡多拉"，船身狭长，首尾翘起，最适宜在狭窄的水巷中行驶。这种船，大多漆成黑色。艄公身着黑白相间的传统服装，头戴有红色帽箍的草帽，他们用单桨划船，操作非常熟练。到这里来旅游的人，如果时间充裕，往往喜欢雇只这样的小船，穿街过巷，缓缓而行，听听艄公的歌唱，饱览水乡的景物，真是别有一番风韵。

　　有一次，我们乘船路过马可·孛罗的故居，这是一所古老的黄色的小楼，门前一座很大的石桥，名字就叫马可·孛罗桥，桥头上钉有牌子。向导告诉我，这里现在住着居民，没有对外开放，只能在外面看看。遗憾的是这里十分狭窄，我们在船上没有合适的角度，结果连张照片也没有拍上。

威尼斯前不久才和我国苏州结为姊妹城，因此他们对中国客人特别热情。在我们所接触的意大利朋友中，包括威尼斯市长和夫人，都一再向我们询问苏州的情况，想了解苏州和威尼斯有哪些相似，有哪些不同，他们都知道"上有天堂，下有苏杭"那句话，都希望有机会能到苏州去看看。市长说，他正在准备组织到苏州访问的代表团，为难的是，向他报名的人实在太多了。

在谈到对中国的友好感情时，许多威尼斯朋友都感到自豪。他们说威尼斯是马可·孛罗的故乡，他就是从这里走向中国的，在意中两国之间铺设了一条悠久的友谊之路。中国朋友应该了解威尼斯人对中国这种特殊的感情。

这话讲得多么朴实亲切呵，至今它还在我心头萦绕。

一九七九年底

鲜花的海洋

荷兰是花的王国，花的海洋。

暮春季节，来到荷兰花区的原野上，举目四望，你会发现到处都是鲜花的田畦，彩色的阡陌，大地像铺上了一片绚丽的地毯。红的、黄的、蓝的、粉的、白的，一块接着一块，一色连着一色，纵横交错，无边无际……那种迷人的景象，会使你情不自禁地惊叹：多罕见的壮观，多美丽的锦绣大地。

荷兰人就是以这样的气概播种着鲜花，装饰着山河。

这里的村镇也大都在鲜花的拥抱之中。居民庭院中种花，阳台、窗台上摆花，街头巷尾一片一片的花圃，连路旁的电线杆子上也绑着花篮插满花束。从这些村镇中走过，就好像游览一座座花园，观赏百花争妍的花市。每当四五月间鲜花盛开的时候，荷兰的花农们都要举行盛大的花车游行。他们用五颜六色的鲜花，装饰着车辆，编扎成各种图形。人们头戴着花环，挥舞着花束，浩浩荡荡，穿街过市，简直是一条令人眼花缭乱的鲜花和色彩的长河。

荷兰的鲜花中最多的是玫瑰、杜鹃，但最名贵最受人喜爱的却是郁金香。我曾经游览过海牙附近的哥根霍夫公园，那里几乎集中了全荷兰郁金香的精华。公园里有树有河，绿草如茵，布置精美，每当郁金香盛开的时候，树下、河边、花圃、路旁，到处都开满了各种品种各种颜色的郁金香。鲜花的倒影映在河里，河，染成了彩色的河；树，变成了缀满鲜花的树。整个公园无论从哪个角度望过去，都是一幅色彩艳丽、鲜花朵朵的图画。

公园里有一座巨大的玻璃暖房，里面培植着全荷兰最名贵最稀有的郁金香品种，它们酒杯状的花朵，又大又艳，朵朵都像装满了透明的美酒。花色有单色，也有间色的，还有些花朵上带有斑点和条纹。望过去含羞带笑，一片柔美华贵的气氛。正像法国著名作家大仲马曾经形容的那样："艳丽得让人睁不开眼睛，完美得令人透不过气来。"

整个公园种植的郁金香大约在一千万株以上，花开时节，全世界各地的游人每天都有两三万人来此观赏，因而，人们又称它为"郁金香公园"，或"世界郁金香旅游中心"。许多人在这里摄影，作画，流连忘返。有的人还广邀亲友，专门到这里来举行婚礼，让美丽的郁金香来陪伴他们一生中最幸福的时刻。

荷兰大面积的种植鲜花，百分之八十以上是为了出口，因此，全国有好多个经营鲜花交易的交易所。在哥根霍夫公园附近，我们参观了一个由四千家花农组织起来的名叫阿斯米尔的生产合作社，它也是荷兰全国最大的鲜花交易所。它的交易大厅总面积达三十三万五千平方米，相当于五十几个足球场那么大。每天早上大约有两千辆卡车向这里运送鲜花，交易所一千多名职工，先把鲜花分类放在小货车上，再通过现代仪器进行免疫检验，然后编为各种"鲜花专列"由电瓶车拖到各个拍卖厅去。我曾站在大厅的空中走廊上，居高临下观赏过这鲜花的海洋，就像检阅一片望不见尽头的队伍一样，那千姿百态的鲜花的队列，那五彩缤纷的迷人的图案，使你仿佛觉得眼前飘逸着片片美丽的云霞，起伏着层层色彩的波浪……

交易所内有六个拍卖厅，分别出售不同品种的鲜花。我们参观了其中的一个。那里正在出售各种不同颜色不同花形的玫瑰。拍卖厅像一座大学的阶梯教室，大约有二三百个座位。每个座位上都放有编了号的买主卡片，和一个既可听话又可说话的两用话筒。拍卖厅的正面墙壁上悬挂着两个大如磨盘的巨钟，钟上刻度从一百到零。每当一批鲜花的车架进入拍卖厅时，拍卖员一面从花架上取出一束鲜花向买主们示样，一面详细介绍这批花的产地、品种、质量和数量，并宣读检验员对这批花写下的评语。这些，买主们都可以通过听筒清楚地听到。拍卖开始时，大钟上的指针，即由高数向低数移动，当指针走到某一数字，而买主认为价格合适时，他就可以按动自己座位上的电钮，指针就停在这个价格上，并同时在大钟的左下方显示出这位买主的号码。这时，买主可以通过话筒告诉拍卖者，他要买这批花的一部分或是全部。成交后，这笔买卖的全部数据都记录在电子计算机内。

每一批花卖完后，车架就离开拍卖间，进入分发处。交易所的工作人员即根据电子计算机的传票，将这批鲜花分发给不同的买主。每一个买主都有一批记有他的号码的车架，他所买的各种鲜花都放到这些车架上，车架一装满就拉到买主中心他自己的包装车间去包装。从拍卖厅开始交易到向买主交货，每次只需十五分钟。据这个交易所的经理对我说，整个交易所由于使用了电子计算机，每天成交的买卖不下万次，售出各种鲜花大约一千二百万枝。上午在这里卖出的鲜花，下午就通过冷藏卡车或飞机，运往欧美各大城市，同天晚上或次日早晨，就可以在欧洲、美国、日本等地的市场上出现了。经理还告诉我，荷兰是世界上最大的鲜花出口国，它的出口额约占世界花卉总出口额的百分之五十九，仅此一项每年的收入就高达三十二亿荷兰盾。

一个小国，一种娇嫩鲜活的产品，能经营到如此称雄世界的程度，着实令人惊叹。我曾经问过经理，他的奥秘是什么？他笑着说：人人都喜欢鲜花，生活中谁也离不开花卉，只要鲜花能够保鲜、保活，鲜花事业就会有蓬勃的生机。我们所以在一切环节上争分夺秒，采取最现代化的技术，无非争一个鲜字，有了它，我们的前景就像鲜花本身一样，万紫千红一片灿烂。

短短几小时的参观访问，我好像在鲜花的海洋里畅游了一番。那浓郁的花香，带笑的花朵，锦绣的大地，无边的色彩，似乎处处都给人以愉快的感染和美好的享受，使你从内心深处产生一种更加热爱生活的激情，一种对和平和幸福的憧憬，一种生气勃勃的力量。正是出于这样的感受，我想，应该让鲜花伴随着人们开遍整个世界，不仅在欧洲，而且在亚洲、非洲、拉丁美洲。

图书在版编目（CIP）数据

金字塔夕照 / 穆青著. -- 武汉：长江文艺出版社，
2024.1
ISBN 978-7-5702-3362-5

Ⅰ. ①金… Ⅱ. ①穆… Ⅲ. ①中国文学－当代文学－
作品综合集 Ⅳ. ①I217.2

中国国家版本馆 CIP 数据核字（2023）第 208042 号

金字塔夕照

JINZITA XIZHAO

————————————————————————————————

责任编辑：张　贝　　　　　　　　　责任校对：毛季慧
封面设计：天行云翼 · 宋晓亮　　　　责任印制：邱　莉　杨　帆

————————————————————————————————

出版：长江出版传媒　　长江文艺出版社
地址：武汉市雄楚大街 268 号　　　　邮编：430070
发行：长江文艺出版社
http://www.cjlap.com
印刷：武汉中科兴业印务有限公司

————————————————————————————————

开本：640 毫米×970 毫米　　　1/16　　印张：7　　　　　插页：4 页
版次：2024 年 1 月第 1 版　　　　2024 年 1 月第 1 次印刷
字数：52 千字

————————————————————————————————

定价：22.00 元

————————————————————————————————